向島・箱屋の新吉

新章（二） 忍び寄る危機

小杉健治

角川文庫
22967

目次

第一章　治安の乱れ　5
第二章　用心棒　86
第三章　襲撃者　160
第四章　口封じ　238

第一章　治安の乱れ

一

料理屋『桜家《さくらや》』から箱屋の新吉《しんきち》は土手に向かうお葉《よう》たちのあとについて行く。箱屋は芸者の出先まで三味線を運び、芸者の世話や雑用まで行なう。お葉は『桔《き》梗家《きょうや》』のお抱えで、新吉はお葉に使われている箱屋である。

新吉は二十九歳、切れ長の目にすっとした鼻筋、どこか翳《かげ》のある細い顔だが、役者の菊五郎《きくごろう》によく似ている。唐桟《とうざん》の着物に博多《はかた》献上帯、紺の股引《ももひ》きに尻《しり》を端折《はしょ》り、すらりとした立ち姿は男の色気が漂っている。

旧暦十一月に入り、ますます寒さは厳しく、夜は底冷えがする。夜空に星が輝いていたが、草木は枯れ、秋にはやかましかった虫の音も今はない。

今夜の客は神田佐久間町《かんださくまちょう》にある骨董《こっとう》商『松本屋《まつもとや》』の主人彦右衛門《ひこえもん》だ。

四十前後の目の大きな男で、いかにも精力的で、やる気に満ち、何事にも自信を持っている。それでいて、決して横柄ではない。そんな感じだった。

彦右衛門がはじめて向島《むこうじま》にやってきたのは九月十五日の神田明神《みょうじん》の例祭の翌日だった。

神田明神の祭、山王日枝《さんのうひえ》神社の祭礼、深川《ふかがわ》の八幡祭《はちまんまつり》は江戸《えど》の三大祭といわれているが、神田明神の祭は山王祭と共に「天下祭《てんかまつり》」ともいわれている。将軍が城内で上覧するのである。一番の大伝馬町《おおでんまちょう》の諫鼓鶏《かんこどり》太鼓から順に氏子六十か町がそれぞれの工夫を凝らした人形を乗せた山車《だし》が巡行するのだ。

祭の世話役のひとりであった彦右衛門は祭疲れからひとり静かに過ごしたいと、向島にやってきたという。

鄙《ひな》びた風情で四季折々の美しさを見せる向島は鯉こく、シジミ汁などを出す名高い料理屋がたくさんある。寮や妾宅《しょうたく》、隠居所、そして隠遁《いんとん》する人々などが多く住んでいる。

葉桜芸者と揶揄《やゆ》されるように、盛りの過ぎた芸者しかいなかった向島に、たったひとり、若くて美しい芸者が三年前に誕生した。『桔梗家』のお葉である。二十三歳、芸子島田に座敷着のお葉はその際立った美貌《びぼう》からたちまち評判をとった。

彦右衛門もその噂を聞きつけ、『桜家』に上がってお葉を呼んだのだ。売れっ子のお葉なのでふいにきてもお葉は先約がある。その日は会えずに終わってしまったが、改めて約束をとりつけ、その五日後にお座敷で、お葉とはじめて会った。それから彦右衛門はちょくちょく向島に通ってきた。

彦右衛門はがっしりした体つきだ。若い頃から神輿《みこし》を担いでいたせいか、後ろから見ても、肩の肉が盛り上がっているのがわかった。

土手に上がり、大川端《おおかわばた》の船着場に向かう。

と、そのとき、木陰の暗がりから黒い影が飛び出してきた。星明かりに白刃が光った。新吉は飛び出した。

賊は彦右衛門に向かった。新吉は賊の前に立ちふさがった。頬かぶりをして、尻端折りをしている。

「何者だ？」

新吉は鋭くきく。

「邪魔をするな。おまえに用はない」

賊は腰を落とし、匕首《あいくち》の切っ先を新吉に向けた。

「刃物を引っ込めろ」

「怪我をしたくないならどけ」

「どかぬ。俺が相手だ」

「仕方ねえ」

いきなり、賊が目の前に迫り、様子を窺《うかが》うように匕首を不意に軽く突き出す。新吉は少し後退《あとずさ》る。今度は右から斬り下げ、続けて左から斬りつける。新吉は飛び退いて避《よ》けた。

「小手調べだ。今度は手加減しねえ」

匕首を握る手にぺっと唾《つば》を吐き、賊はじりじり間合を詰めてきた。新吉は棒立ちのように立って相手を待った。

間合が詰まった。賊が匕首を振りかざした刹那《せつな》、新吉は賊の胸元に素早く飛び込んだ。振り下ろした腕を摑《つか》もうとしたとき、賊は素早く腕を返して、新吉の手を振り払って横に逃げた。

再び、賊は匕首を構えた。

「おまえは殺しを生業《なりわい》とするものか」

「…………」

「返事がないのは認めたということか」

「頼まれた相手しか殺《や》らねえが、邪魔をする者は消えてもらう」

賊は迫ってきた。

そのとき、人声がした。

賊は後退り、いきなり土手に駆け上がり、暗闇に消えた。

「新吉。助かった」

彦右衛門が近づいてきて言った。

「旦那《だんな》。狙われたことに心当たりはございますかえ」

「うむ」

彦右衛門は難しい顔になって、

「骨董品の掘り出し物をめぐって、他の店の者とよく揉《も》める。そのことで恨みを買っているかもしれない」

「商売の上でのことですか」

「おそらく、そうであろう」

「さっきの男はまた襲うかもしれません。十分にお気をつけなすって」

「うむ」

「旦那」

お葉が前に出て、

「お供の者をお連れなさったほうがいいんじゃありませんか」

「なあに、向島に来たときは新吉が守ってくれる」

彦右衛門は豪胆に笑い、

「では、お葉、また来る」

「はい。お待ちしております」

彦右衛門は舟に乗り込んだ。

船頭が棹《さお》を使って舟を岸から離し、川の真ん中に向かった。棹から櫓《ろ》に替え、舟は速度を上げて遠ざかっていった。

「姐《ねえ》さん、帰りましょうか」

「ええ」

新吉とお葉は桟橋から土手に上がった。

いつものように、三囲《みめぐり》稲荷《いなり》社の鳥居をくぐった。常夜灯が寒そうに輝いている。途中で立ち止まり、お葉が社殿に向かうのを見送る。

新吉は辺りに注意を向けた。さっきの賊が潜んでいるような気配がした。また、襲ってくるかもしれないと思ったが、やがて気配は消えた。

新吉は帰りに『桜家』に寄り、預けてあった三味線を受け取り、お葉を『桔梗家』まで送り届けてから自分の家に戻った。

戸を開けると、暗がりに赤い火の玉が浮かんでいた。何者かが上がり框《がまち》に腰を下ろして煙草を吸っていたのだ。

天窓からの星明かりに、四十年配の男の顔が浮かび上がってきた。男は煙草盆に煙管《キセル》の雁首《がんくび》を叩《たた》いて立ち上がった。

「新吉さん、夜分に待たせてもらった」

「これは『生駒屋《いこまや》』の旦那」

新吉は思わず声を上げた。大伝馬町にある木綿問屋『生駒屋』の主人牧《まき》右《え》衛門《もん》だった。もっとも、ある事件の責任をとって隠居にさせられたのだ。

「今、行灯《あんどん》に火をいれますので」

新吉は部屋に上がり、行灯に火を点《つ》けた。ほんのりとした明かりに殺風景な部屋が映し出された。

「旦那、どうぞお上がりを」

「ここでいい」

そう言い、牧右衛門は再び腰を下ろした。

「旦那、お久しぶりでございます」

「三か月ぶりだ」

牧右衛門が厳しい表情で言う。

「隠居暮らしはいかがですか」

新吉は口元を歪《ゆが》めてきく。隠居をしたのではない、させられたのだ。

「退屈だ」

「それも生きていればこそじゃありませんか」

新吉は皮肉を込めた。

四か月ほど前の七月、向島の『生駒屋』の寮で、勘定奉行《かんじょうぶぎょう》の笠木《かさき》嘉門《かもん》を罠《わな》にはめて殺害の手助けをしたのだ。殺したのは佐渡《さど》奉行の大畑秀衡《おおはたひでひら》配下の者だった。その者は『生駒屋』の番頭茂太《しげた》として一切を操っていた。

笠木家では体面を重んじて笠木嘉門を病死として始末した。そのために、奉行所は嘉門殺しで牧右衛門を裁くことは出来なかったのだ。

しかし、その後、大畑秀衡配下に茂太を名乗った家来がいないことがわかった。

新吉も念のために大畑秀衡の家来を見張ったが、茂太を名乗った男に出会うことはなかった。

壁の一点を見つめて押し黙っている牧右衛門に、新吉は声をかけた。

「旦那。何か」

「うむ」

牧右衛門はようやく顔を向けた。

「新吉。先日、大畑さまにお会いする機会を得た。そこで、思い切って笠木嘉門殺しのことを話した。すると、大畑さまは知らないとはっきり仰《おつしや》った。嘘、偽りはない」

牧右衛門は厳しい顔で続ける。

「茂太と名乗る家来もいない。そのような男を雇ったこともないということだ。確かに、笠木さまが死んだことで勘定奉行の座が転がり込んできたそうだが、いずれ笠木さまは別のお役にお就きになることになっていたそうだ」

「別のお役？」

「何かはわからぬが、そうなれば大畑さまが勘定奉行になるだろうと言われていたそうだ。つまり、大畑さまは急いで笠木さまを亡きものにする必要はなかったのだ」

「やはり、そうですか」

新吉は頷《うなず》いた。

「やはり？　気づいていたのか」

「ええ。南町《みなみまち》の梶井《かじい》さまから大畑秀衡の家来に茂太と名乗った男はいなかったと聞かされたとき、何か裏があると思っていました」

「そうか」

牧右衛門は頷く。

新吉は不審に思った。

「旦那《だんな》は、なぜ、今頃このことを？」

「騙《だま》された自分が許せないのだ。私は大畑さまが勘定奉行になれば、『奈良屋《ならや》』に大きな益になると思い、大畑さまの家来だという男の言うままに動いた」

『奈良屋』は材木問屋で、牧右衛門の妻女と『奈良屋』の内儀は姉妹なのだ。

「でも、『奈良屋』はもともと大畑さまと懇意な間柄。望みどおり、大畑さまが勘定奉行になられたのですから万々歳ではありませんか。つまり、所期の目的を果たしたのですから」

「確かに、『奈良屋』にとってはよかったかのように思える。しかし、大畑さまは勘定組頭《くみがしら》から勘定吟味《ぎんみ》役《やく》になったお方。不正には手厳しいということだ。つまり、『奈良屋』も自分の利になることはないと言っていた」

「では、笠木さま殺しは『奈良屋』にとっても無駄なことだったと？」

「そうだ」

「では、笠木さまがお亡くなりになって得をした人物は？」

「わからない。大畑さまも思い当たることはないと仰っていた」

「いったい、茂太の狙いはなんだったのでしょうか」

新吉は首を傾げた。

「わからない。私は茂太にいいように操られたことが悔しいのだ」

「茂太が最初に旦那の前に現れたときは武士の姿だったのですか」

新吉は確かめた。

「そうだ。大畑秀衡さまの配下の者だと名乗り、大畑さまを勘定奉行にしたいから手を貸してくれと言ってきた。大畑さまが勘定奉行になるのは『奈良屋』にとっても望ましいことだとも。大畑秀衡さまの配下の武士だと疑いもしなかった」

牧右衛門は唇を噛《か》んだ。

「その侍が『生駒屋』の番頭茂太と名乗って一切を指図していたというのですね」

「そうだ。新吉、頼む。茂太を見つけてくれ。何のために笠木さまを殺さねばならなかったかを知りたいのだ」

牧右衛門は一呼吸間を置き、

「私ら以外で、このことを知っているのは新吉だけだ。それにおまえさんなら、茂太の顔もわかっている」

「確かに、茂太の顔はよく覚えています。でも、茂太を見つけようにも、どこを捜したらいいのか見当がつきません」

新吉は口惜しく言う。

「それでも真実を探り出せるのは新吉しかいない。奉行所に訴えても無駄だからな。笠木家が病死として始末している限り、いくら私が訴えても、聞き入れてはもらえない」

確かにこのままなら、笠木殺しの真相はわからず仕舞い。

「笠木さまは女好きだったから、その方のことで恨まれていたかも」

牧右衛門が言う。

「いえ、かなり手の込んだやり口です。単なる恨みではないように思います。やはり、笠木さまがいなくなることで得をする者がいたのではないでしょうか」

新吉は言ってから、

「旦那は笠木さまとはかなり懇意になさっていたのですか」

と、きいた。

「日は浅い」

「何も思い当たることはありませんか」

「ない」

牧右衛門は首を横に振り、

「あのお方はお葉さんに会ってからはお葉さんのことばかり。傲慢《ごうまん》で自分勝手なところもありましたが、自分に正直なお方だったのだろう」

と、笠木嘉門に思いを馳《は》せて言った。

「旦那。お天道さまが悪事をいつまでも見逃しておくわけはありません。いつか、茂太と名乗った男が見つかるはずです。そんときはあっしが茂太を……」

問いつめて真相を明らかにさせると、新吉は言った。

「その言葉を聞いて安心した」

牧右衛門は口元を綻《ほころ》ばせ、

「では、私はこれで」

と、立ち上がりかけた。が、何を思ったか、また座り直して、

「新吉、すまないが茶をいただけないか」

と、言った。

「これは気がつきませんで」

新吉が湯呑《ゆの》みをとりに行ったとき、

「酒があれば酒を少し」

と、ねだった。

「今、燗《かん》を」

珍しいと思ったが、新吉は徳利《とっくり》を持ってきた。

「いや、そのままでいい」

「そうですか」

新吉は湯呑みに徳利の酒を注いで牧右衛門に渡した。

「すまない。おまえさんは？」

「へえ」

新吉は自分の湯呑みにも注いだ。

「じゃあ、いただく」

牧右衛門は喉《のど》を鳴らしながら一気に呑み干した。

「うまい」

「もう一杯いかがですか」

「いや、十分だ」

牧右衛門は立ち上がった。

「夜分に押しかけてすまなかった」

「旦那。寮にお帰りになるのですね。お送りしましょう」

新吉は腰を上げた。

「いや、ひとりで大丈夫だ」

「そうですか。では、外まで」

新吉は立ち上がって土間に下りた。

戸を開けて外に出て、

「だいぶ冷えてきました。お体にお気をつけて」

と、新吉は声をかける。

「ありがとう」

牧右衛門はかすかに笑みを残して引き上げた。

なんとなく、その後ろ姿が寂しそうに感じられ、新吉はしばらくその場に佇《たたず》んでいた。

二

その夜の九つ（午前零時）過ぎ、南町奉行所定町廻《みなみまちぶぎょうしょじょうまちまわ》り同心《どうしん》梶井扇太郎《せんたろう》は手札を与えている岡っ引きの伝八《でんぱち》とともに、神田須《す》田町《だちょう》にある鼻緒問屋『越後屋《えちごや》』に駆けつけた。

「梶井さま。こちらです」

すでに来ていた町役人の案内で、奥に向かった。

待っていた別の町役人が、

「こっちです」

と、主人夫婦の居間に招じた。

扇太郎は居間に入り、思わず顔をしかめた。主人の河太郎《かわたろう》と内儀が重なり合うように倒れていた。

まず、河太郎を斬り、倒れた亭主にしがみついた内儀も背中から斬ったようだ。

残虐な殺しだ。

「酷《むご》い……」

伝八が声を震わせた。

河太郎は袈《け》裟《さ》懸けに斬られていた。傷はかなり深い。内儀も右肩から斜めに斬られていた。ふたりとも一太刀だ。

「外に、被害に遭ったものは？」

扇太郎は振り向いてきく。

「庭で下男が斬られています」

町役人が言う。

「見てきます」

伝八が廊下から庭に下りた。

「店の者はいるか」

扇太郎がきくと、小《こ》肥《ぶと》りの男が前に出てきた。

「おまえは？」

「番頭の喜《き》助《すけ》です」

喜助の顔から血の気が引いていた。

「土蔵を調べたか」

「はい。千両箱が盗まれました」

番頭が答えた。

「土蔵の鍵《かぎ》は河太郎が持っていたのか」

「そうです」

賊は主人の河太郎を脅して鍵を出させ、そのあとに姿を見たふたりを殺したのだ。

伝八が戻ってきた。

「下男は匕首《あいくち》で心ノ臓と腹部を刺されて死んでいました」

「そうか」

扇太郎は顔をしかめ、

「賊の顔を見ていないか」

と、番頭にきいた。

「はい、誰も見ていません」

番頭は小さな声で答える。

「押込みが入ったのは気づいたのか」

「はい。部屋の前で足音がしていました。出て行ったら殺されると思って、皆部屋に閉じこもっていたんです」

「奉公人は二階か」

「はい。一階は店の近くに番頭部屋、勝手口の近くに女中部屋があります」

「主人が殺されるかもしれないと思わなかったのか」

「それは……」

　番頭は言いよどんだ。

「主人より自分の身が可愛いからな」

　扇太郎は番頭の顔色を読んで言う。

「………」

　番頭が俯《うつむ》いた。

　無理もない。押込みに遭った店での残虐な殺しを知っているのだ。姿を見た者は必ず殺されると。

「奉公人を皆、広間に集めるのだ。ききたいことがある」

　扇太郎は番頭に命じてから、庭に下りた。

　土蔵の近くに下男の死体があった。物音に気づいて出てきて賊と鉢合わせたのだろう。

伝八の言うように、心ノ臓と腹部を刺されていた。

裏口に行ってみる。戸の閂《かんぬき》は外れている。塀には忍び返しがついているが、そこを乗り越えたようだ。

一味には身の軽い者がいて、その者が塀を乗り越えて庭に入り、裏口の戸の閂を外したのだ。

扇太郎は部屋に戻った。奉公人が集まったというので広間に行った。何十人という奉公人が恐怖に戦《おのの》いたように座っていた。

「押し入ったのは今、世間を騒がせている盗賊一味だ」

扇太郎は口を開いた。

「この中で、何か気づいたものはいないか」

「…………」

返事はなかった。

「賊は二階にも上がってきたのか」

近くにいる手代にきく。

「はい。階段を上がったところまで来ていたようです。足音を聞きました」

「誰も賊を見ていないのだな」

「あの……」

若い女中がおずおずと声を出した。

「なんだ？」

伝八がきき返す。

「私が一階の廁《かわや》に行ったとき、いきなり賊が忍んできたのです。怖くて廁でじっとしてました。辺りが静かになったので小窓から庭を見ましたら、黒装束に身を包んだ賊が通り掛かったのです」

女中は身を竦《すく》ませながら言う。

「賊を見たのか」

「ちらっとです。黒い布で頬被《ほっかぶ》りをして黒い着物を尻端折《しりはしょ》りしていましたから顔はわかりません。でも、賊が立ち止まって廁のほうを見たんです。誰かいると思ったのか、廁に近づいてきました。私はすぐにしゃがんでしまい、体が固まって動けませんでした」

女中は恐ろしそうに、

「そのとき、別の賊を呼ぶ声がしました。おこま、行くぞと言ってました」

「おこま？　女か」

扇太郎は驚いて言う。

「小柄だったので、女だと思います」

「一味に女がいるのか」

扇太郎は唸《うな》った。これまで何もわかっていなかった中で、女がいるということがわかっただけでも収穫だった。

一味が何人で、頭がどんな男かもわかっていないのだ。一味に女がいるというのは大きな手掛かりだった。

外が騒がしくなった。検使《けんし》与力《よりき》が到着したと同時に火盗改《かとうあらため》もやってきたようだ。

「おれたちはもう用はない」

扇太郎は『越後屋』を出た。真夜中で、大気はひんやりしている。

賊がどこに逃げたか。考えられるのは八辻《やつじ》が原《はら》から柳原《やなぎわら》の土手に出て神田川《かんだがわ》を舟で下り、大川に出たか。

はじめての押込みは五か月前の六月だった。米沢町《よねざわちょう》にある薬種問屋が襲われた。そのときは主人と番頭、手代の三人が殺された。次は七月に池之端仲町《いけのはたなかちょう》にある質屋だ。ここでは番頭と手代が殺された。続いて八月に日本橋本町《にほんばしほんちょう》三丁目の鼻緒問屋と本郷《ほんごう》の質屋。九月になって、大伝馬町の瀬戸物問屋と浅草田原町《あさくさたわらまち》の仏具店。それぞれ二、三人は殺されている。十月に入って小網町《こあみちょう》にある海産物問屋、そして、今夜鼻緒問屋の『越後屋』が襲われた。八月になってからほぼ半月に一度押込みを繰り返している。

なにしろ、賊の姿を見た者がいないので、一味の輪郭がまるで摑《つか》めなかった。火盗改も手を焼いていた。

これほど押込みにいいようにやられているのははじめてだ。

だが、今夜はじめて一味に女がいるらしいことがわかった。

「旦那《だんな》、押込みでの女の役割ってなんでしょう」

伝八がきく。

「荒っぽいことはしないだろう。賊は主人か番頭を脅して土蔵の鍵《かぎ》を奪っている。だから、錠前破りではないだろう。すると、塀を乗り越える役目だ」

「身軽な女ですね」

「軽業師だった女かもしれぬ。このあたりから調べてみよう。火盗改が気がつかぬうちに、軽業一座を当たるのだ」

「今、両国広小路《りょうごくひろこうじ》で軽業師が小屋掛けをしています。明日調べてみますかえ」

「よし。それにしても、夜更けはずいぶん冷えるな」

「もう冬は目の前ですからね」

伝八も寒そうに身を竦めた。

翌日、扇太郎は両国広小路に赴いた。

茶屋や団子、飴《あめ》売りなどの店から芝居、軽業などの小屋掛けなどが並び、かなり賑《にぎ》わっていた。

軽業の小屋に行く。絵看板には、傘を持って綱渡りをする裁っ着け袴《ばかま》の女の姿が描かれていた。

木戸の前にはたくさんの客がたむろしていた。

「たいそうな人気だな」

「あの鶴丸太《つるまるだ》夫《ゆう》という女軽業師が美人で評判だそうです」

伝八が絵看板を見ながら言う。

小屋の裏手の楽屋口に向かう。入口に見張りの男が立っていた。

「これは親分さん」

大柄な男が小さくなって頭を下げる。

「座頭に会いたい」

「どんな御用で？」

「辞めた軽業師のことだ」

「辞めた軽業師ですかえ。少々お待ちください」

男は垂れている莚《むしろ》をめくって中に入って行った。待つほどのこともなく、戻ってきて中に招じた。

座頭の部屋に行くと、化粧をした男が鏡の前に座っていた。四十近い男だ。

「座頭か」

扇太郎がきいた。

「はい。長介《ちょうすけ》にございます」

座頭の長介は居住まいを正して言う。

「ずいぶん盛況だな」

「ありがとうぞんじます。ありがたいことで」

「じつは、軽業師を辞めた女がいるか知りたい」

「辞めた女軽業師ですか。それはおります。歳をとれば動きも鈍くなりますが、それより客が喜びませんから」

「いや、若い女でだ」

「若くして辞めた女軽業師はうちにはおりません」

「うちにはと言うと、他の一座にはいるのか」

「いえ、他の一座のことはわかりません」

長介は答えたあと、

「女軽業師がどうかなさいましたか」

と、訝《いぶか》しげにきいた。

「いや、たいしたことではない」

扇太郎は答えてから、

「一人前になる前に辞めた女はいるか」

と、きいた。

「それはおります」

「いる？」

「はい。三年前におさわという女が辞めていきました」

「なぜ、辞めたのだ？」

「軽業師としてやっていくには力が足りませんでした。伸び悩んでいたときに、男が出来たんです。その男のもとに走ったんです」

「男の名は？」

「鎌太郎《かまたろう》という二十七、八の苦み走った男でした」

「何をしている男だ？」

「わかりません。堅気とは思えませんでした」

「どうして知り合ったのだ？」

「わかりませんが、最初は高崎《たかさき》の巡業先で知り合ったようです」

「高崎で？」

「ええ。その後、江戸で再会したようです」

「おさわは幾つだったのだ？」

「十九歳でした」

「その後、おさわがどうしているか知っているか」

「いえ、知りません」

「おさわと親しくしていたものは？」

「今、舞台に立っている鶴丸太夫とは親しくしていました。でも、辞めたあとは付き合いはないはずです」

長介は言う。

「だが、男についてもう少し詳しいことを知っているかもしれない」

扇太郎は期待して鶴丸太夫が舞台から下りてくるのを待った。

客席から拍手が聞こえ、やがて鶴丸太夫が楽屋に入ってきた。

「太夫」

長介が声をかける。

たすきを外しながら、鶴丸太夫がやってきた。目鼻だちがくっきりし、派手な感じの女だ。舞台映えのする顔立ちのようだ。

「おさわのことできたいそうだ」

長介が言う。

「おさわちゃん？」

鶴丸太夫は顔色を変え、

「おさわちゃんに何かあったのですか」

と、扇太郎と伝八の顔を交互に見ながら腰をおろした。

「いや、そうではない。たまたま、座頭と話していて、おさわを知っただけだ。そなたはおさわと親しかったそうだな」

「はい」

「おさわは三年前に一座を辞めて行ったそうだが、そのわけを知っているか」

「ええ……」

鶴丸太夫は長介に顔を向けた。

長介が頷《うなず》くのを見て、鶴丸太夫は口を開いた。

「鎌太郎という男といっしょになると言って一座を辞めていったんです」

「鎌太郎のことを、おさわから聞いているか」

「はい。上州《じょうしゅう》の赤城《あかぎ》村《むら》の庄屋《しょうや》の息子だと言ってました」

「庄屋の息子？」

「でも、一時やくざの仲間に入っていたそうです」

「で、おさわはいまどこにいるか知っているか」

「赤城村にいっしょに行くと言ってました」

「赤城村というのは間違いないのか」

「………」

「どうした？」

「おさわちゃんは信じきっていましたが、私は鎌太郎という男がほんとうに庄屋の息子なのかと」

「庄屋の息子には見えなかったのか」

「はい。根っからのやくざ者のような……。赤城村というのもほんとうかどうか」

「辞めたあと、おさわから連絡は？」

「ありません」

「そうか。それで、おさわの身に何かあったのかと思ったのだな」

「はい」

「おさわは今も鎌太郎といっしょにいると思うか」

「わかりません。ほんというと、おさわちゃんはどこかに売られてしまったんじゃないかって思うことが……」

鶴丸太夫は胸に手を当てた。

「なるほど。そんな心配をするほど、鎌太郎は危うい感じの男だったのか」

扇太郎は確かめた。

「おさわ、あるいは鎌太郎は江戸にいるとは思わぬか」

「江戸にいるかもしれないのですか」

鶴丸太夫が逆にきいた。

「いや、わからぬ。もし、ふたりのことで何かわかったら教えてもらいたい」

「はい」

「邪魔をした」

扇太郎と伝八は長介にも挨拶《あいさつ》をして楽屋を出た。

「何か臭いますね」

伝八は言った。

「こいつは大当たりかもしれぬ。だが、仮にそうだとしても、鎌太郎とおさわを捜すことは難しい」

扇太郎の高まった気持ちはすぐに冷めた。押込み一味が見つかったあとに、鎌太郎とおさわではないかと追及出来るが、ふたりを捜し出すことは難しい。顔も知らないのだ。

やはり、押込みの現場に出くわさない限り、捕まえられない。火盗改はそのために見回りをしているのだ。

「吉原《よしわら》や深川で派手に遊びだした客の調べも芳しくないようですね」

伝八が嘆息して言う。すでに奉行所ではその方面の探索をしているが、手掛かりはまだ摑《つか》めない。

「向島は調べているんでしょうか」

「いや、向島は調べていないようだ」

「今の向島にはお葉がいますぜ」

「うむ。お葉の評判を聞き付け、顔を出すかもしれぬな。だが、あのお葉は客のことをぺらぺらと喋《しゃべ》るような女ではないが……」

「そうですね」

「いや、あの男がいる」

扇太郎の脳裏にひとりの男の顔が浮かんでいた。

三

その日の昼過ぎ、新吉はお葉を『桜家』に送り届けたあと、いったん『桔梗家』に戻った。

居間でお波《なみ》と話していると、格子戸が開いて誰かがやってきた。お琴《こと》が出て行った。

すぐお琴が居間に顔を出して、

「新さん、『生駒屋』さんの寮番の方が」

と、告げた。

『生駒屋』の寮番……」

新吉は胸騒ぎがした。寮番が訪ねてきたことなどかつてなかった。

土間に行くと、寮番が暗い顔で待っていた。

「家に行ったら留守でしたので」

寮番が言う。

「何かありましたか」

思わず、新吉はきいた。

「へえ、旦那《だんな》が亡くなりました」

「亡くなった？　牧右衛門さんがですか」

「はい。今朝、庭の樹で首を吊《つ》って死んでいました」

「そんな……」

新吉は絶句した。

「今朝未明に首を縊《くく》ったようです。まさか、そんなことをするなんて……」

「で、旦那は今、寮に？」

「いえ、さきほど、『生駒屋』の店の者が大八車で大伝馬町のほうに連れてお帰りになりました」

「もういないのですか」

新吉は啞然《あぜん》とした。

「はい。若旦那と番頭さんが駆けつけ、それから手配をして……」

寮番は沈んだ声で続ける。

「若旦那が誰にも知らせるなと仰《おつしや》ったのですが、昨夜《ゆうべ》、大旦那は新吉さんのところに行くと言って出かけたので、新吉さんにはお知らせしたほうがよいかと思いまして」

せめてお別れを言いたいと思ったが、昨夜のことを蘇《よみがえ》らせた。帰り際、酒を求めた。少し奇異に思えた。

牧右衛門は新吉に別れを言いにきたのだとわかった。

「では、私はこれで」

「わざわざありがとうございます」

新吉は寮番に礼を言って見送った。

居間に戻ると、お波が表情を曇らせて、

「『生駒屋』の旦那が？」

　と、きいた。

「ええ、首を縊ったそうです」

「そう」

「もう旦那は大伝馬町にお帰りになったそうで」

「まだ若いのに」

　いたたまれないようにお波は声を詰まらせた。

　しばらくして、新吉は『桜家』にお葉を迎えに行った。女中頭から三味線を受け取り、お葉とともに『桔梗家』に向かった。

　枯葉が風に舞って足元に落ちた。晴れているが、風は冷たかった。

「姐《ねえ》さん、『生駒屋』の旦那が亡くなりました。寮の庭で、首を縊ったってことです」

「まあ」

　お葉は眉根《まゆね》を寄せた。

「昨夜、あっしの家に訪ねてきたんです。珍しいことがあるものだと思ったのですが、どうやらあっしに別れを告げに来たようです」

重たい気持ちで、『桔梗家』に帰った。

新吉は部屋に上がらず、

「姐さん。では、また夕方に参ります」

と、土間に立ったまま言う。

新吉はひとりになりたかった。その思いを察したのか、お葉は引き止めなかった。

家に帰り、改めて牧右衛門のことに思いを馳《は》せた。勘定奉行笠木嘉門殺しに加担しただけでなく、何者かに騙《だま》されていたとわかって、かなりの衝撃を受けたようだ。

笠木嘉門は病死とされたので、罪に問われることはなかったが、牧右衛門はずっと良心の呵責《かしゃく》に苦しんでいたに違いない。

牧右衛門は新吉に真相を突き止めてくれと言っていた。

天窓から射し込んでいた西陽も移動し、部屋の中も暗くなってきた。そろそろ、『桔梗家』に行かねばならなかった。

新吉が立ち上がったとき、いきなり戸が開いて、南町奉行所定町廻り同心の梶井扇太郎と岡っ引きの伝八が顔を出した。

「梶井さま」

新吉は上がり框《がまち》の近くに腰を下ろした。

「出かけるところだったか」

「へえ、少しくらいなら。何か」

「うむ。噂を聞いていると思うが、今江戸では残虐な押込みが横行している」

扇太郎が口を開いた。

「そのようですね」

お座敷でも、その話が出ることがあるらしい。

大店《おおだな》に押し入り、主人を脅して土蔵の鍵《かぎ》を出させ、千両箱を奪って行く。その後、主人を殺す。姿を見た者は必ず殺すので、誰も押込みの姿を見た者はいない。

「この半年で、八件だ。最初は月に一件ほどの間隔で押し入っていたが、ここ三か月で六件、半月に一度の割で犯行に及んでいる」

扇太郎は眉間《みけん》に皺《しわ》を寄せて言い、

「吉原や深川にも聞込みをかけているが、ここ向島にも不審な客がないか調べたい。わざわざ向島にやってくるとしたら、お葉の評判を聞きつけてであろう。お葉の客になれば、続けてくるはずだ。ここ半年のうちにお葉の客になったものを知りたい」

「梶井さま。そんなことは言えません」

「言えない？」

扇太郎は顔をしかめ、

「なぜだ？」

「お座敷でお会いしたお客のことをべらべら喋《しゃべ》るなんて、お葉姐さんの信用に関わります。梶井さまのお頼みと言えど、どうかご勘弁ください」

「こっちはお上の御用で頼んでいるのだ」

「たとえお上の命令であろうが、お引き受けできかねます。これが、押込みの一味と証《あかし》のある客というのであれば考えないでもありませんが」

「証はない。ただ、最近の客というだけだ」

「どうぞ、お引き取りください」

「いや、我らが追っているのは押込み先で何人もの命を奪っている残虐な連中なのだ。おいそれと引き下がるわけにはいかぬ」

扇太郎は激しい口調で言ってから続けた。

「では、こうしよう。新吉、そなたが新しい客を密《ひそ》かに調べてくれ。どうだ、これならいいのではないか」

「………」

「どうだ、新吉」

扇太郎は迫った。

「梶井さま、最初からそのおつもりでしたね」

新吉は苦笑して言う。

「何のことだ？」

「お葉さんから話を聞くのが筋なのに、箱屋のあっしに話を持ち掛けたのは、お葉さんには断られると思っていたからでしょう」

「………」

「もちろん、あっしも断ると思っていた。だから……」

「ばれたか」

扇太郎はばつが悪そうに、

「おまえたちが客の名を教えないだろうことはわかっていた。だから、新吉に調べてもらおうと思ったのだ」

扇太郎はあっさり白状した。

「やはり、そうでしたか」

新吉は呆《あき》れ返るように言う。

「そうだ。未《いま》だに、押込み一味の手掛かりが摑《つか》めぬのだ。このままではこの先、何人もの犠牲者が出るかもしれぬ。大店は夜になると、奉公人の外出を禁じ、皆戦々恐々としている。奉公人も夜は外に出られないので、夜泣きそば屋も商売にならないとこぼしている。早く、押込みを捕まえて、安心させてやりたいのだ」

「火盗改はどうなんですか」

「火盗改も手掛かりは摑めていない」

扇太郎は首を横に振ったあと、

「じつは、さらに気になることがあるのだ」

と、表情を曇らせた。

「じつは、十日前に芝《しば》の神明町《しんめいちょう》で辻強盗《つじごうとう》があり、商人《あきんど》が殺されて金を奪われた。ところが、昨夜も木挽町《こびきちょう》で辻強盗が出たのだ」

「…………」

「辻強盗が二件続いた。これは俺の掛かりではないが、この先、俺の縄張り内でも出没するかもしれない。押込みに辻強盗、ますます江戸の夜は物騒になり、人出がなくなって料理屋や一膳飯屋《いちぜんめしや》など、夜に商売している者たちが打撃を受けることになる」

扇太郎は溜《た》め息交じりに言い、

「なんとしてでも押込み一味の手掛かりを得たいのだ」

と、哀願するように言った。

「そうは仰《おつしや》っても、あっしは箱屋に過ぎません。お役に立てるかどうか……」

「何を言うか。そなたはただの箱屋ではない。元はといえば、武士だった身、藩で一番と言われた剣客ではないか」

「昔の話でございます」

「だが、身についた剣の腕は変わらぬ。そなたの才覚もわかっている。いいか、このままでは皆夜の外出を控えるようになり、そうなると向島に遊びに行こうとする者もいなくなる。お葉だって困ろう」

「わかりました。お力になれるかどうかわかりませんが、探ってみます」

新吉は請け合った。

「新吉」

それまで黙っていた伝八が口を開いた。

「調べるにあたり、必要だったら俺の名や旦那《だんな》の名を出してもいいぜ」

「へえ、わかりました」

「では、頼んだ」

扇太郎と伝八が引き上げようとしたが、

「梶井さま」

と、新吉は呼び止めた。

「何か」

扇太郎が振り向く。

「今朝、『生駒屋』の旦那が亡くなりました。寮の庭で、首を縊《くく》ったってことです」

「なんだと」

扇太郎は目を剝《む》いた。

新吉は事情を説明した。

「そうか、生駒屋も苦しんでいたのだな」

「ええ」

「わかった」

扇太郎と伝八は引き上げた。

新吉も家を出て、『桔梗家』に行った。

居間に上がり、長火鉢の前にいるお波に挨拶《あいさつ》をする。

「新さん、今夜は『大村家《おおむらや》』さんだよ」

お波は長煙管《キセル》を持ったまま言う。

「どちらさまでしょう」

「初めてのお客らしいわ」

「初めて……」

梶井扇太郎の言葉が蘇《よみがえ》る。

「どなたかの紹介ですかえ」

新吉は気になってきいた。

「いえ、お葉の評判を聞いてのことだそうだよ」

「そうですか」

しばらくして、芸子島田に結ったお葉と髪結いが階段を下りてきた。

「姐《ねえ》さん。失礼します」

髪結いが顔を出し、お波に挨拶をした。

「ご苦労さん」

お波が声をかけた。

「新さん、お願い」

お葉が言う。

「へい」

新吉は立ち上がって隣の部屋に行き、座敷着に着替えるお葉の着付けをする。お葉は着付けをしやすいように両手を上げたり、体の向きを変えたりする。新吉は手際よく、裾《すそ》に紅葉をちらした艶《あで》やかな座敷着を着せ掛け、最後に帯を巻いた。

「じゃあ、出かけましょうか」

帯の結び目をぐいと締め上げ、新吉はお葉に声をかけた。

「ええ、姐さん、行ってきます」

お葉はお波に挨拶する。

左手で着物の褄《つま》をとり、お葉は土間に下りた。お波が縁起棚から火打ち石をとって、切り火をした。

新吉は三味線の入った箱を持ってお葉のあとに従った。

明るい陽射しが降り注いでいる。

「姐さん、今日は初めてのお方だそうですね」

「そうらしいわね」

「ここ半年内に初めて来て馴染《なじ》みになったお方は何人ぐらいいらっしゃいますか」

「初めてのお客さま？」

「ええ」

「五人ほどいらっしゃるけど。昨夜《ゆうべ》の『松本屋』の旦那もそうよ。でも、どうして？」

「じつは南町の梶井さまから」

新吉は扇太郎とのやりとりを話した。

「まあ、押込み……」

「そんなお客はいないと思いますが、梶井さまに調べられるより、あっしが密《ひそ》かに身《み》許《もと》を調べてみようかと。そうしないと、梶井さまは出先の料理屋の女将《おかみ》さんたちから客の名を聞いて調べるかもしれません」

「そうね。わかったわ。でも、十分に注意をして調べてね。自分のお客さまを調べるなんて、裏切るような真似だもの」

「わかっております。じゃあ、あとで教えてください」

出先の『大村家』に着いた。

裏口から入る。女将が出てきて、

「お葉さん、ご苦労さま」

と、声をかけた。

「もうお見えですか」

お葉がきく。

「ええ。田原町の『信濃屋《しなのや》』の若旦那。宮地芝居の役者さんを連れて」

『信濃屋』は足袋問屋だという。

「さあ、お待ちよ」

女将はお葉を急《せ》かせる。

新吉は三味線を女中に渡し、

「じゃあ、姐さん、一刻《いっとき》（二時間）後に」

と、お葉に声をかけた。

新吉は『大村家』をあとに『桔梗家』に戻った。

格子戸を開けると、二階から三味線の音が聞こえた。お琴が自分の部屋で弾いているのだ。

ますます上達しているのが新吉にもわかる。

まだまだ子どもだと思っていたお琴は急に大人びてきた。新吉に見せる流し目はどきっとするほどに艶《なまめ》かしかった。

新吉には気がかりなことがあった。お琴は今十五歳。三年後の十八歳のとき、お葉は二十六歳だ。

そもそも向島は盛りを過ぎた葉桜芸者が売りだったが、若い芸者がひとりだけ認められた。

もともとは「潮来《いたこ》出島《でじま》の真菰《まこも》の中に、菖蒲《あやめ》咲くとはしおらしや」という潮来節から来ている。つまり、盛りを過ぎた芸者の中に、たったひとりだけ若く美しい芸者を置く。大勢ではいけない、たったひとりでいい。こうして料理屋『大村家』の旦《だん》那《な》の肝煎《きもい》りで、数寄屋町《すきやちょう》芸者だったお波が芸者お葉を誕生させたのだ。

単に芸者といえば、吉原の芸者を指し、厳密にいえば他の土地の芸者は酌婦でしかない。芸者と呼べるのは吉原だけなのだ。公儀公認の吉原は他の土地より娼妓《しょうぎ》や芸者は格上である。

だから、他の土地の芸者には座敷着、簪《かんざし》、笄《こうがい》などに制約があり、吉原の真似は出来ない。三味線を入れる長箱も吉原だけが許される。他の土地の芸者は二つ折りの三味線を風呂敷《ふろしき》に包んで運ぶのだ。

だが、お波はお葉が吉原芸者と同じ扱いにしてもらえるように『大村家』の旦那に注文をつけた。

『大村家』の旦那は吉原の遊廓《ゆうかく》の次男坊だった。その旦那が吉原に掛け合い、認めさせたというわけだ。ただし、吉原芸者と同じく立ち振る舞える芸者はひとりだけということになった。

つまり、お琴が仮に向島で芸者として出ることが出来たとしても、お葉と同じようにはいかないのだ。

今のままでは、お葉とお琴は並び立たない。

「新さん。どうしたのさ、そんなところに突っ立って」

その声に、新吉ははっと我に返った。お波が不思議そうに見ていた。新吉は自分が土間に立ったままだったことにはじめて気づいた。

四

木枯らしを顔に受けながら、扇太郎は浜町堀《はまちょうぼり》に近い橘町《たちばなちょう》の四つ辻《つじ》に立っていた。

通りに並ぶ店は大戸を閉めている。

男は曲がり角にうつ伏せに倒れていた。道具箱から鉋《かんな》や金槌《かなづち》が散乱していた。殺されたのは近所に住む大工留吉《とめきち》らしい。さっき町役人のひとりが長屋に向かった。ホトケは背中を袈裟《けさ》懸けに斬られていた。逃げだしたところを背後から斬られたようだ。これまでの辻強盗もすべて袈裟懸けに相手を斬っていた。

「同じ下手人ですかね」

伝八がホトケを見下ろして言う。

「こんな奴が何人もいるとは思いたくない」

町役人が近づいてきた。

「かみさんが参りました」

「よし」

扇太郎は町役人の後ろにいる三十歳ぐらいの女に近付き、

「留吉の女房だな。確かめてもらおう」

と、ホトケのそばに招じた。

「はい」

女は恐る恐る近づき、ホトケの顔を覗《のぞ》き込んだ。

見る見る顔色が変わった。

「おまえさん」

女はいきなりホトケにしがみついて嗚咽《おえつ》を漏らした。

「留吉に間違いないな」

「はい、うちのひとです」

「なぜ、この道を通ったのだ？」

「小伝馬町《こでんまちょう》にある普請場の建前でした」

「酒を吞《の》んで帰るところだったか」

扇太郎は呟《つぶや》くように言ったあとで、

「妙だな」

と、首を傾げた。

「何がですかえ」

伝八がきく。

「仕事帰りの大工が懐に金を持っているとは思わぬだろう。それとも、留吉は持っていたのか」

扇太郎は女房にきいた。

「留吉は今夜は金を持っていたのか」

「いえ、持っていません」

「そうか」

扇太郎は不思議に思った。芝神明町でも木挽町でも殺されたのは商家の主人だ。金を持っていそうだとわかったのだろう。

「なぜ、大工が襲われたのか」

扇太郎は目を剝《む》いた。

「おい、伝八。辺りを入念に調べるのだ。もしかしたらもう一体……」

「まさか」

伝八は扇太郎が何を考えたかわかって、周辺の暗がりを捜し回った。すると、少し離れた路地の暗がりで、伝八が叫んだ。

「旦那《だんな》」

扇太郎は伝八のいる場所に急いだ。

「旦那、これを」

路地の暗がりに羽織姿の男が倒れていた。左の頸《くび》から臍《へそ》の辺りにかけて斬られている。

「懐を確かめろ」

「へい」

伝八がしゃがんで懐をまさぐる。

「財布はありません。これだけです」

伝八の手には煙草入れがあった。

「辻強盗がこの商人《あきんど》を襲ったとき、大工の留吉がたまたま通り掛かったのだ。それで殺されたのだ」

「あっ」

近寄ってきた町役人が叫んだ。

「このホトケを知っているか」

扇太郎はきいた。

「はい。隣町の下駄《げた》屋の又兵衛《またべえ》さんです」

「そうか。家の者を呼んでくるのだ」

「はい」

町役人はすぐに走って行った。

しばらくして、若い男が駆けつけた。

ホトケの前に跪《ひざまず》き、

「おとっつぁん」

と、叫んだ。

「又兵衛に間違いないか」

扇太郎は若い男に声をかける。

「はい。どうしてこんなことに……」

「辻強盗に遭ったようだが、まだわからぬ」

扇太郎は答えてから、

「又兵衛はどこに出かけていたのだ？」

「寄合で、薬研堀《やげんぼり》の料理屋です」

「金はいくらぐらい持っていたか」

「あまり持っていなかったはずです」

「今夜は特別に大金を持っていたということは考えられないか」

「それはありません」

「誰かに恨まれるということは？」

「いえ、おとっつぁんはホトケの又兵衛と言われていました。ひとから恨まれることはありません」

騒ぎを聞いて、近所の者たちが戸を開けて通りに出てきている。その者たちに、伝八が聞込みをはじめた。

やがて、検使与力の遠藤利《えんどうり》介《すけ》がやってきて、大工の留吉と下駄屋の主人又兵衛の亡骸《なきがら》を検《あらた》めた。

遠藤利介は丁寧に傷口を調べていたが、やがて首を捻《ひね》りながら立ち上がった。

「遠藤さま、何かご不審が？」

「芝と木挽町のホトケの斬り口と少し違うようだ」

「違う？　同じ下手人ではないということですか」

「芝と木挽町のほうは同じ下手人だ。ホトケの傷口は左肩から入り、臍の上を通って右脇腹まで斬り下ろしている。だが、こっちのふたりは左肩からではなく、頸の左から臍の上までだ」

「たまたま、相手の出方でそういう斬り口になったのでは？」

「そういうこともあろうが、別人と考えたほうがいいかもしれぬ」

「こんな残虐な辻強盗《つじごうとう》がふたりもいると……」

扇太郎は憤然とした。

「旦那」

伝八が小柄な四十ぐらいの男を連れてきた。

「このひとが不審な侍を見ていたそうです。そこの荒物屋の主人です」

扇太郎が男に顔を向け、

「名は？」

「はい。喜平《きへい》です」

「どこで見たのだ？」

「二階の窓からです。悲鳴のような声が聞こえたので窓を開けて外を見ました。そしたら、頭巾《ずきん》をかぶった着流しの侍が走って行きました」

「斬ったところを見たわけではないのだな」

「はい」

「体つきは？」

「上から見たので背丈ははっきりとはわかりませんが、長身だったようです」

「歳は？」

「三十ぐらいでしょうか」

「どっちに走って行った？」

「浜町堀のほうです」

「その他に何か気づいたことはないか」

「いえ、特には。もうよろしいでしょうか」

喜平が寒そうに身をすくませた。

「うむ。ご苦労だった」

扇太郎は喜平を帰して、

「明日、浜町堀のほうで頭巾の侍を見たものを探すのだ」

と、伝八に言った。夜分に住人を叩《たた》き起こして聞込みをするわけにはいかない。

「確か、浜町堀に夜泣きそば屋が出ていました。それだけ確かめてきます」

伝八は手下を連れて走って行った。

扇太郎はもう一度、辺りを見回した。この寒さだ。住人たちは家の中に引きこもって通りを行き交う者もいなかったのだろう。

だから、頭巾の侍は下駄屋の又兵衛を襲ったのであろう。その直後、大工の留吉がたまたま通り掛かった。それで口封じのために追いかけて斬った。

頭巾の侍は又兵衛の財布を盗んだ。だが、倅《せがれ》の話では、又兵衛は普段から大金は持ち歩かないという。

頭巾の侍はあまり金を手に入れることはできなかった。となると、近々、またどこかで辻強盗を働くかもしれない。

伝八が戻ってきた。

「そば屋の亭主は頭巾の侍を見ていました。橋を渡って元浜町《もとはまちょう》のほうに向かったってことです。ただ、元浜町の木戸番は気がつかなかったと」

「そうか」

頭巾の侍はどこに消えたのか。

翌朝、奉行所に出仕して同心詰所に入ると、扇太郎は芝方面を受け持っている同心の森内哲之進《もりうちてつのしん》から声をかけられた。

「梶井どの。日本橋橘町で辻強盗が現れたそうだな」

森内がきいた。

「はい。ふたり、斬られました。ひとりは強盗の犠牲に、もうひとりはその場に居合わせた男です」

「で、何か手掛かりは？」

「近所の者が、悲鳴を聞いたあとに現場から去って行く頭巾をかぶった着流しの侍を見ていました。長身のようだと」

「長身？」

「ええ、森内さんのほうは？」

「現場近くで、頭巾をかぶった着流しの侍が見られているが、中肉中背だった」

「検使でも、斬り口が違うということでした」

検使与力の考えを話し、

「下手人は別のようです」

と、言った。

「辻強盗がふたりいるということか」

森内が目を剝《む》いて言う。

「そうなります。芝神明町と木挽町の辻強盗を真似て、別の男が頭巾をかぶって橘町で強盗を働いたのではないでしょうか」

「うむ」

「殺された男は金をあまり持っていなかったようです。近々、昨夜《ゆうべ》の辻強盗はまたやるかもしれません」

「おそらく、橘町からそう遠くないところに住んでいるのだろう。その周辺を見廻《みまわ》ることだ」

「ええ」

ただ、見廻るといっても扇太郎単独では廻りきれない。それに、またやるのかも定かではない。現状では、見廻りに期待出来ないと思ったが、異は唱えなかった。

扇太郎は奉行所を出て、橘町の現場に向かった。

明るくなって、改めて伝八が周辺を調べていた。

「どうだ？」

扇太郎は声をかける。

「あっ、旦那《だんな》」

伝八は顔を向け、

「新しいものは何も見つかりませんでした」

「そうか」

「それより、周辺の町の木戸番にきいてみたのですが、誰も頭巾の侍を見ていません。途中で、頭巾をとったかもしれませんが、侍を見た者はいません。ただ、長谷《はせ》川町《がわちょう》の木戸番が、長身の浪人が町内にいると言っていました。町田《まちだ》十兵衛《じゅうべえ》というそうです」

「長身の浪人？」

「へえ、それで、その長屋に行ってみたんですが、傘張りの内職をしているということでした。話をきくのは旦那といっしょのほうがいいと思いまして」

「よし。これから行ってみよう」

扇太郎は伝八と共に浜町堀を越えて人形町《にんぎようちよう》通りに面した長谷川町に向かった。

長谷川町に入り、町田十兵衛の住む長屋に着いた。木戸をくぐり、伝八は十兵衛の住まいの前に立った。

伝八が腰高障子に手をかけて開けた。

「ごめんなさいな」

伝八が声をかける。

「町田十兵衛さまで？」

「どなたか」

部屋から声が聞こえた。姿は開いた傘の陰に隠れていた。

扇太郎は土間に入り、

「南町奉行所同心の梶井扇太郎と申す」

と名乗り、伝八も続けて名乗った。

「何か」

町田十兵衛が立ち上がって上がり框《がまち》まで出てきた。長身だ。三十一、二歳だ。

「昨夜、橘町で辻強盗《つじごうとう》がありましてね」

「そうらしいな」

「ご存じか」

「今朝、納豆売りがそんな話をしていた」

「失礼ですが、町田さまは昨夜の四つ（午後十時）少し前、どちらにいらっしゃいましたか」

伝八がきいた。

「ここにいた」

「どなたか、そのことを知っているおひとはいらっしゃいますか」

「俺は独り暮らしだ。知っている者は誰もおらぬ」

「じゃあ、出かけていてもわかりませんね」

伝八は意地悪くきいた。

「そうだろうな」

十兵衛は真顔で答え、

「ひょっとして、俺を疑っているのか」

と、きいた。

「お侍さまにはお聞きしているんです」

「残念だが、俺ではない」

十兵衛はきっぱりと言う。

部屋の奥に柳行李《やなぎごうり》があった。あの中を調べれば、着用した頭巾《ずきん》が出てくるかもしれないと思ったが、そこまで要求は出来ない。

「失礼だが、傘張りだけで暮らしが成り立つのですか」

扇太郎は十兵衛の顔を見つめてきく。

「たまに口入れ屋から用心棒の仕事をもらっているが、まあ、贅沢《ぜいたく》しなければなんとかなる。俺は酒をやらないのでな」

「お呑《の》みにならないのは何かあってですか」

伝八がきく。

「下戸だ」

「そうですか」

「辻強盗はどんな奴なんだ？」

十兵衛がきいた。

「顔は頭巾をかぶっていたのでわからないのですが、長身のお侍だったそうです。現場からあまり遠くに逃げた形跡はないんです」

「どうしてわかるんだ？」

「各町の木戸番が不審な侍を見ていないのです」

「なるほど、それでここに住んでいる俺ということになるのか」

十兵衛は頷《うなず》いて、

「だが、俺ではない。と言っても、素直に信じてくれそうにもないな」

と、苦笑した。

「失礼だが、その刀、拝見してよろしいか」

扇太郎は頼んだ。

「いや、それは困る」

「なぜか」

「刀は武士の魂でござる」

「見られて困るのか」

「………」

「いいでしょう。今日のところはこれで引き上げる。邪魔をした」

扇太郎は言い、土間を出た。

「あの男から目を離すな」

「へえ」

伝八は応じる。

町田十兵衛が辻強盗かどうかわからないが、注意していかねばならないと、扇太郎は思った。

五

空は青く澄んでいた。陽射しはあるが、木枯らしが吹きつけ、頬に冷たく当たる。

葬送の列は谷中《やなか》にある『生駒屋』の菩提寺《ぼだいじ》に着いた。白い着物で位牌《いはい》を持っているのは倅《せがれ》の彦太郎《ひこたろう》で、香炉を持った者が続く。

山門で待っていた僧侶《そうりょ》の案内で、一行は山門をくぐって本堂に向かった。

寝棺も本堂に担ぎ込まれ、やがて読経《どきょう》が聞こえてきた。本堂に入りきれないひともたくさんいた。

向島の料理屋の旦那《だんな》衆が何人か会葬者の中にいるが、箱屋風情が葬式に参列するのは遠慮した。

ここに集まったひとたちの中に、茂太を名乗った男がいるとは思えなかったが、つい新吉は茂太の顔を捜した。心ある者なら牧右衛門に最後の挨拶《あいさつ》があっていいはずだと思うのは新吉のひとりよがりで、企《たくら》みを持ってひとを殺害するような輩《やから》にはそんな感傷はないかもしれない。

牧右衛門は茂太を捜し出し、真相を探ってもらいたいと新吉に頼んだのだ。その思いはしっかりと受け止めなければならないと思っている。

新吉は遠くから故人の冥福《めいふく》を祈り、引き上げようとしたとき、同心の梶井扇太郎が山門をくぐってきたのに出会った。

「これは梶井さま」

「新吉か。来ていたのか」

「遠くからでもお別れをと思いまして」

「そうか」

「梶井さまも?」

「多少の関わりがあったからな」

扇太郎は本堂に目をやり、

「さすが『生駒屋』だ。かなりの会葬者だ」

と、会葬者に目を這《は》わせる。

「ひょっとして梶井さまも……」

「うむ。何か引っ掛かる奴が目に入るかもしれないと思ったが、この人出では無理だな」

「じつはあっしも茂太を捜したのですが、見当たりませんでした。ひとを平気で殺すような男です。自分が利用した者が死のうが、関係ないのでしょう」

「そうよな」

「でも、梶井さまも笠木嘉門さまの件にまだ？」

「いや、俺はそれどころではない。押込みに辻強盗《つじごうとう》だ。ついに俺の受け持ちにも辻強盗が出た。それも同時にふたりも殺《や》った」

扇太郎は忌ま忌ましげに言う。

「まさか、その辻強盗が向島に遊びに来ると？」

「いや。そんなに金を手にしていない。向島に行くのは無理だろう。だが、ひとりで何度もくる侍には目を光らせておいてくれ」

そう言い、扇太郎はすぐに引き上げた。

新吉は牧右衛門の埋葬を見届けてから、谷中をあとにして向島に戻った。

翌日は十一月最初の酉《とり》の日、新吉は札差『天野屋《あまのや》』の主人徳兵衛《とくべえ》の一行について酉の市にやってきた。

大きな熊手を抱えた者や小さい熊手を手にした者たちと擦れ違った。浅草吉原の裏田圃《うらたんぼ》にある鷲《おおとり》大明神は着飾った老若男女で賑《にぎ》わっている。

昼前に向島の『桜家』に上がった徳兵衛は御座敷に呼んだ『桔梗家』のお葉を誘い、酉の市に向かったのだ。

徳兵衛の一行には野太鼓の敏八《びんはち》もいる。どの花街にも籍を置かず、客のご機嫌をとる一匹狼の太鼓持ちだ。

「かなりの人手でございますね」

敏八がひとにぶつかりながら言う。

「敏八、はぐれるなよ」

徳兵衛がひとをよけながら言った。

「お葉もだいじょうぶか」

「はい」

「ともかく、お参りだけはしていこう」

徳兵衛は三十七歳、歌舞伎役者の後援をしたり、自身も長唄《ながうた》をやる。江戸一番の美妓《びぎ》と謳《うた》われた柳橋《やなぎばし》の美代次《みよじ》を贔屓《ひいき》にしていたが、向島のお葉の評判を聞きつけると、向島にも足繁く通うようになった。

鷲神社境内の夥《おびただ》しい参詣《さんけい》客に揉《も》みくちゃにされながらやっとお参りを済ませた。境内の内外にある露店では熊手を売っている。

社を出ようとしたとき、徳兵衛の背後にぴたっとつけている若い男が気になった。

新吉はひとをかき分け、徳兵衛に近づく。

「旦那、懐に気をつけてください」

新吉は徳兵衛のすぐ後ろにいる男にも聞こえるように言う。徳兵衛はあわてて懐に手をやった。

新吉は若い男を見た。細面で、眉毛《まゆげ》が濃く、目尻《めじり》がつり上がっている。

男は新吉を睨《にら》みつけ、ふと薄ら笑いを浮かべ、徳兵衛のそばから離れて行った。

「掏摸《すり》か」

徳兵衛がきいた。

「ええ」

「どうも体をくっつけてくると思った」

「他にもいるかもしれません」

新吉は辺りを見回した。

「気をつけよう」

「姐《ねえ》さんも」

新吉はお葉に言う。

「私は一銭も持っていないわ」

「髪ですよ。簪《かんざし》や笄《こうがい》を引き抜いていくかもしれません」

「まあ」

お葉は三日月眉をひそめた。

境内の外にも露店が出て、熊手を売っている。徳兵衛がいつも買い求める露店に行くと、天野屋さまと書かれた札がはってある大きな熊手が目についた。露店一杯に熊手が飾ってある。

熊手におかめや宝船などが飾りつけられている。

「旦那《だんな》、立派なものでございますね」

敏八が見上げて言う。

「これは旦那」

露店の亭主が声をかける。

「邪魔をする」

「へい」

「お葉、遠慮するな」

徳兵衛が言う。

「新さん、どれに？」

「去年より一回り大きいものですね」

新吉は『桔梗家』に飾ってある熊手を思いだして言う。

「新さん。これなんかどうかしら？」

「へえ、結構なんじゃありませんか」

「じゃあ、あれを」

敏八が値下げの交渉をして負けさせたが、徳兵衛は祝儀を上乗せして払った。

「明日、『桔梗家』さんにお届けいたします」

亭主の声を聞いて、引き上げかけたとき、男が徳兵衛にぶつかってきた。新吉はその男の手首を摑《つか》んだ。

「いてえ、何をするんだ」

男は叫んだ。

「おまえは……」

細面で、眉毛が濃く、目尻がつり上がった男だ。

「性懲りもなくまだ狙っていたのか」

「放せ」

周囲にいる者たちが何事かと見ている。

「さっきの掏摸か」

徳兵衛が厳しい顔できいた。

「もうしねえ。だから、放してくれ」

「ほんとうだな」

新吉は確かめる。

「ほんとうだ」

男は訴えた。

「よし、行け」

新吉は手を放した。

掏摸はひとにぶち当たりながら逃げて行った。

徳兵衛の一行は、吉原の裏門に続く畦道《あぜみち》に列をなして吉原に向かう。この日は吉原は門を開け、通り抜け出来るようになっている。

「通ってみるか」

「へえ、そうしましょう」

敏八が応じる。

「だいじょうぶなのか。中には不義理をした相手に会うかもしれない」

「この人出なら気づかれませんですよ。それより、お葉姐さんはだいじょうぶですかえ」

「そうよな。中の芸者に気づかれたら何か言われるかもしれない」

徳兵衛がお葉の人目を引く美貌《びぼう》を気にした。

「私は大丈夫ですが、廓内《かくない》は……」

お葉が逡巡《しゅんじゅん》したのは新吉を慮《おもんぱか》ったようだ。

新吉は以前、吉原に通っていた時期があった。花魁《おいらん》との悲恋も遠い昔のことだ。

「姐さん、あっしのことなら気になさらないで」

新吉は言う。

「この様子では仲町《なかちょう》通りは相当混み合っているだろう。水道尻《すいどうじり》を入って大門までなかなか辿《たど》り着けまい」

徳兵衛が言うと、

「ええ、たいそうな混みようです。ひとにつっかえて前になかなか進めそうもありませんね」

と、敏八が返す。

「だが、まだ昼間だ。歩けないほど混雑はしていまい」

「へえ。夜のほうがもっと混みましょう」

敏八は徳兵衛の言うことに逆らわない。

「敏八、どっちなんだ？」

「あっしは旦那のおっしゃる通りに」

「お葉はどうだ？」

「私だって、旦那が行くなら」

陽が傾き、西陽が射している。

結局、吉原の脇から日本堤《にほんづつみ》の土手に出て山谷《さんや》堀《ぼり》に向かった。土手もぞろぞろひとが歩いてくる。

新吉はずっとついてくる男に気づいていた。遊び人ふうだ。

気にしながら、山谷堀の船宿にやってきた。

徳兵衛たちは一休みするために、二階の部屋に上がった。

「新吉も上がれ」

徳兵衛が誘ったが、

「いえ、あっしは外で」

「ここは向島じゃないんだ」

「新さん、そうだよ」

お葉が言う。

「いえ」

箱屋風情がそんな真似は出来ない。

「堅いな。まあいい。じゃあ、四《し》半刻《はんとき》（三十分）ほどだ」

「へい。姐さん、じゃあ」

近くに西方寺《さいほうじ》がある。三《み》ノ輪《わ》の浄閑寺《じょうかんじ》と同じく投げ込み寺である。新吉の悲恋の相手が眠っている。

新吉は西方寺にやってきた。

山門をくぐり、本堂の裏手にある墓に向かう。そのとば口に、遊女たちの供養塔が建っている。

新吉は共同墓地に手を合わせた。ここに花魁の小紫《こむらさき》が眠っている。八年たち、新吉は今は新しい生き方をしているが、西方寺の近くに来たときは必ず手を合わせに寄る。

しばし、小紫に思いを馳《は》せ、新吉はその場を離れた。

本堂の脇を船宿へ向かいかけたとき、遊び人ふうの男が三人ふいに立ちふさがるように現れた。

真ん中にいた男を見て、新吉はおやっと思った。細面で、眉毛《まゆげ》が濃く、目《め》尻《じり》がつり上がっている。鷲神社の境内にいた男だ。

「さっきはよくも邪魔をしてくれたな」

男が懐に手をやりながら言う。

「何のことだ？」

「とぼけるな」

「掏《す》摸《り》を邪魔されたと怒っているのか」

新吉は呆《あき》れたように言う。

「礼をさせてもらうぜ」

懐から出した手に、匕首《あいくち》が握られていた。他のふたりも匕首を構え、さっと新吉の背後にまわった。

手慣れた様子だ。

「考えられねえな」

新吉が言う。

「なんだと？」

「あれぐらいのことでかっとなるなんて愚かな奴だ。せっかくの稼ぎどきなのに、こんなことに血眼になっていていいのか。まあ、人々にとってはよかったが」

「ほざくな」

目尻のつり上がった男が迫ってきて匕首で斬りつけた。風を切る音と共に、鋭い刃《やいば》が襲ってきた。新吉は後退《あとずさ》って刃先を避《よ》ける。男は続けて匕首で襲いかかる。身をかわしながら隙を窺《うかが》い、空振りをした相手がよろけたとき、新吉は思い切って踏み込み、腕を摑《つか》んで投げ飛ばした。

別の男が匕首を腰に当てたまま突進してきた。新吉は身を翻して避け、相手の腰を思い切り蹴《け》った。男は前につんのめって地べたに顔から突っ込んだ。

最後の男が匕首を逆手に構えて襲いかかった。新吉は相手が迫った瞬間に脇に逃れた。相手はすぐ体勢を立て直して新吉に向かった。新吉は相手の胸元に飛び込んだ。振り下ろされた右腕を左手で摑むと、相手の男は新吉の胸倉を摑もうと手を伸ばした。その手を振り払い、新吉は相手の襟を摑んで投げ飛ばした。

　すでに目尻のつり上がった男は立ち上がっていたが、警戒して襲いかかってはこなかった。

「おまえたち、何者だ？」

新吉は三人の前に立ちふさがって言う。

「ただの掏摸ではあるまい。匕首を懐に呑《の》んだ掏摸がいるとは思えない」

「…………」

「おまえの名は？」

「この敵は必ず討ってやる。覚えておけ」

捨て台詞《ぜりふ》を残し、三人はいきなり踵《きびす》を返し、山門のほうに駆けだした。

新吉は船宿に戻った。

駕籠《かご》がふたつ待っていた。やがて、船宿から、徳兵衛たちが出てきた。

「新吉待たせたな」

「いえ」

徳兵衛はお葉を駕籠に乗せてから自分ももうひとつの駕籠に乗った。

「じゃあ、お葉」

「じゃあ、駕籠屋さん。向島の『桜家』まで」

敏八が駕籠かきに声をかける。

「へい」

駕籠かきが威勢のいい声を上げて駕籠を担いだ。新吉と敏八は駕籠の脇について吾《あ》妻《づま》橋を渡り、三囲稲荷社の近くにある『桜家』に着いた。

西の空が夕焼けに赤く染まっていた。

お葉は徳兵衛、敏八といっしょに御座敷に戻った。

「じゃあ、あっしは半刻（一時間）後に参ります」

新吉は言って、『桜家』を出た。

新吉は秋葉《あきば》神社参道の近くにある芸者屋『桔梗家』に行った。

格子戸を開けて狭い土間に入ると御神灯が吊《つ》るしてある。

「新吉です」

新吉は奥に声をかける。

「新さん、お帰りなさい」

仕込みっ子のお琴が迎えに出た。すっかり、大人びて色気が出てきた。

「お酉《とり》さま、どうでした？」

「かなりひとが出てました」

茶の間に行くと、女将《おかみ》のお波が長火鉢の前で煙草をくゆらせていた。

「後口が入っているんだよ。『武蔵屋《むさしや》』さんよ」

「お客さんはどなたですか」

「新黒門町《しんくろもんちょう》の『川村屋《かわむらや》』の旦那《だんな》だよ」

二か月前ぐらいからお葉目当てに来だした男で、勘十郎《かんじゅうろう》という。最初からお葉の評判を聞いてやって来た。いつもひとりだ。

「わかりやした」

「新さん、熊手は？」

お琴がきいた。

「『天野屋』の旦那が買ってくださいました。明日、届けてくださるそうです」

「そう」

「では、そろそろ」

新吉は立ち上がった。

新吉は『桜家』に行き、そこからお葉とともに『武蔵屋』に向かった。

この半年内で、新しくお葉の馴染《なじ》みになった客は五人。中でもよく来るのは神田佐久間町の骨董《こっとう》商『松本屋』の彦右衛門と、『川村屋』の勘十郎だ。

「姐《ねえ》さん、『川村屋』の旦那はどんなお方ですかえ」

「四十ぐらいで、物静かなお方よ。黙って私の唄《うた》と三味線を聞いているわ」

「そうですか。あっしは一度お見かけしただけです」

『川村屋』の勘十郎も気になるが、それ以上に気になるのは『松本屋』の彦右衛門だ。何者かが彦右衛門の命を狙っていた。その後、どうなったか。一度の失敗で諦《あきら》めるとは思えない。

『武蔵屋』に着いて、三味線を女中頭に預けた。それから、新吉はいったん『桔梗家』に戻った。

お琴が迎えた。

「新さん、寒いでしょう」

そう言い、お琴は新吉の手をとった。

「まあ、冷たい」

お琴は艶《なまめ》かしい目で言う。

新吉はさりげなく手を引き、部屋に上がった。

第二章　用心棒

一

新吉は谷中にある『生駒屋』の菩提寺《ぼだいじ》の山門をくぐった。

本堂の裏手にある墓地に入り、『生駒屋』の代々の墓の前にやってきた。亡くなってまだ十日ばかりなのでお参りにくるひとも多いのだろう、たくさんの花が供えられていた。

新吉は線香を供え、手を合わせた。

「旦那、必ず真相を摑《つか》んでみせます」

新吉は誓った。

墓前を離れ帰りかけたとき、桶《おけ》を持った三十ぐらいの女と擦れ違った。行き過ぎてから振り返ると、『生駒屋』の墓の前に立った。

新吉はその場に佇《たたず》んだ。女は長い間、墓に向かって手を合わせていた。

ようやく、女が引き返してきた。

新吉は女が近づくのを待って声をかけた。

「もし、失礼でございますが、『生駒屋』の牧右衛門さんとご縁のあるお方でございますかえ」

「はい。ひょっとして、あなたは箱屋の新吉さんでは？」

女が目を輝かせてきいた。

「へえ、新吉です。どうしてあっしのことを？」

「旦那から聞いていました」

「旦那があっしのことを？」

「ええ。役者のような男だと」

女は恥じらうように言う。

「旦那とはどのような間柄で？」

女の熱い視線を避けて、新吉はきいた。

「旦那の世話を受けておりました。およしと申します」

「およしさんですか」

墓地を離れ、本堂の脇を通り、山門に向かう。

「旦那が亡くなる前の晩、今戸《いまど》の家にお泊まりになりました。そのとき、新吉さんのお話を」

「なんて言ってましたか」

「いえ、ただこれから新吉さんに会いに行くと。今夜は向島の寮に泊まるからと言って、夕方に今戸の家を出て向島に行ったんです」

「旦那の様子はどうでしたか」

「…………」

およしはすぐには答えなかった。

「いつもと違ったんですね」

新吉はきいた。

「別れ話をしにきたんです」

「別れ話？」

「隠居の身になり、金も自由にならなくなったと言い、これからはおとなしくして暮らすつもりだと。それで、手切れにお金を……。今戸の家はもうおまえのものだからと仰《おつしや》ってくれて」

およしは涙ぐんだ。

「旦那《だんな》は死ぬつもりだったんです」

新吉はしんみりと呟《つぶや》き、

「あっしにもお別れを言いにきたのです」

山門を出て、坂道を下り、不忍池《しのばずのいけ》の辺《ほとり》に出た。

「あなたは茂太という男を知っていますか」

「いえ。そのひとが何か」

「たいしたことではありません」

「名前は知りませんが、見知らぬお侍さんなら一度、今戸の家に来たことがあります」

「侍？　どんな感じの侍でしたか」

「三十歳ぐらいのきりりとした顔立ちのお侍さんでした。鋭い目つきをしていました」

茂太と名乗った侍だと思った。

「その侍に会ったのは一度だけなのですね」

「ええ。でも、先日ちらっとお見かけしました」

「見かけた？　どこでですか」

「さっきのお寺です。旦那の葬儀のとき、山門の前に立っていました」

「ほんとうですか」

「ええ、私は遠くからお別れをしようと、ずっと山門のそばにいたのです。そしたら、山門の前から本堂をじっと眺めているお侍さんがいました。それが一度、今戸の家に来たお侍さんでした」

「その侍はどうしましたか」

「声をかける前に離れて行きました」

「そうですか」

　気がつかなかった、と新吉は地団駄を踏んだ。

　三橋《みはし》の前で、今戸に帰るおよしと別れ、新吉は上野《うえの》新黒門町に向かった。三橋を渡り、下谷《したや》広小路《ひろこうじ》を通って新黒門町に着いた。

　通りの左右を見ながら歩いていると、『川村屋』という小間物屋が見つかった。主人の勘十郎は最近、ひとりで向島にくるようになった。

　店先を素通りする。ちらっと店を見たが、何人かの客がいた。少し先から引き返す。再び行き過ぎるとき、店から奉公人といっしょに勘十郎らしき男が出てきた。

新吉はそのまま先を行き、途中で振り返った。男は御成街道《おなりかいどう》のほうに向かった。新吉も引き返し、男のあとをつけた。後ろ姿からも一度見かけた勘十郎に間違いないと思った。

押込み一味とは関係ない。勘十郎が筋違橋《すじかいばし》を渡って行くのを見て、足を止めた。新吉は安堵《あんど》した。お葉の客が押込みの一味であってはならないのだ。引き返しかけたとき、ふと骨董《こっとう》商『松本屋』の主人彦右衛門のことを思いだした。店は神田佐久間町にあるのだ。先日、『桜家』の帰り、竹屋《たけや》の渡《わた》し場で匕首《あいくち》を持った男に襲われた。

彦右衛門が押込み一味であるとは思えないが、何者かに恨みを買っているようだ。そのことも気になった。

『松本屋』の看板に気づき、店先まで行った。土間に入ると、薄暗い店座敷に甲《かっ》冑《ちゅう》が置いてあり、香炉や桐の箪笥《たんす》なども目についた。

店番の者はいなかった。

「ごめんください」

新吉は奥に向かって声をかけた。

しばらくして、年寄りが現れた。

「いらっしゃいまし」

「いえ、客ではないんです」

新吉は否定して、

「向島の箱屋の新吉と申します。旦那はいらっしゃいますか」

と、口にした。

「少々お待ちください」

年寄りは奥に行った。

静かだった。他に奉公人はいないようだ。客もいない。

やがて、目の大きな精力的な感じの彦右衛門が現れた。

「これは新吉さん」

彦右衛門は相好を崩し、

「先日は危ういところを助かった」

と、真っ先に礼を言った。

「そのことでお寄りしました。その後、いかがですか」

新吉はきいた。

「いや、その後、何もない」

「そうですか」

新吉は不審そうに、

「あのときのお話では、骨董品の掘り出し物をめぐって、恨みを買ったかもしれないということでしたが」

「いちおう、そのことで調べてみたが、違うかもしれない」

「商売絡みではないと？」

「商売敵でひとり思い浮かぶ男がいたのでそう言ったが、どうやら違ったようだ」

「そうですか。他に何か」

「一度、神田明神の境内で娘さんに絡んでいる男を諫《いさ》めたことがあった。商家の若旦那のようだった。もっとも、そのことかどうかもわからないが」

「どこの若旦那かはわからないのですね」

「わからない」

彦右衛門は答えてから、

「今は外出のときは必ず供を連れている。だから、襲ってこないのかもしれない」

「そうですね。でも、安心しました」

新吉はそう言ったが、どこか腑《ふ》に落ちなかった。

「そのことでわざわざ来たのか」

「いえ、谷中の帰りに、旦那のことを思いだして」

「谷中？」

「はい。お墓参りでして」

「そうか」

「では、あっしはこれで」

「うむ、すまなかった。二、三日中にまた向島に行くつもりだ」

「へえ、お待ちしております」

新吉は『松本屋』をあとにした。

昼前に向島の自分の家に戻り、急いで着替えて『桔梗家』に行った。

「姐《ねえ》さん、すみません、遅くなりました」

新吉は頭を下げる。

「間に合ってよかった」

お葉はほっとしたように言い、座敷着の着付けをはじめた。

「じつは帰りに、『松本屋』の旦那《だんな》のところに寄ってみました」

新吉は口にする。

「『松本屋』の旦那？」

「ええ、暴漢のことが気になったので。その後は暴漢は現れていないと言ってました。今は外出時は供を連れているそうです」

帯を巻きながら新吉は言い、

「二、三日のうちに向島に来るそうです」

「そう」

お葉は答えたあとで、

「新さん。『松本屋』に寄った狙いは他にもあったんじゃなくて」

と、真顔できいた。

「えっ？」

「とぼけなくてもいいのよ。梶井の旦那の頼みでしょう？」

「姐さんには隠せませんね。それもありました」

新吉は正直に答えた。

「で、どうだったの？」

「ちゃんとお店を構えており、押込みと関係あるようには思えませんでした。ただ、

『松本屋』はひっそりとしていて静かでした」

「それが？」

お葉は不思議そうにきいた。

「あまり客が来ないようで」

繁盛していないようだと口に出かかった。

「『川村屋』の旦那も同じです」

「まあ、『川村屋』さんまで？」

「ええ。でも、『川村屋』の旦那とは顔を合わせていません」

「そう」

最後に帯をぐっと締めて、

「お疲れさまでした」

と、新吉は言った。

「でも、おふた方の疑いは晴れたのね」

お葉がきいた。

「別に、疑っていたわけではありません」

「でも、安心したわ」

お葉の声を聞いて、新吉は少し戸惑った。

『松本屋』の彦右衛門も『川村屋』の勘十郎もちゃんと店を持っていることを確かめただけだ。もし押込み一味なら、店など構えていないだろう。

ただ、気になることはあった。『松本屋』は店番の者もいなかったし、店が繁盛しているようには思えなかった。

骨董屋《こっとうや》という商売柄、客は少ないのかもしれないが、それで商売がやっていけるのか。店頭での商いが主ではなく、注文を受けて品物を捌《さば》いているのだろうか。

そうでなければ、頻繁に向島に遊びに来られないはずだ。

「新さん、どうしたのさ」

お葉の言葉に、新吉ははっと我に返った。

「いえ、なんでも」

あわてて言い、

「では、出かけましょうか」

と、新吉は声をかけた。

左手で着物の褄《つま》をとり、お葉が土間に下りた。お波が縁起棚から火打ち石をとり、お葉に切り火を打つ。

「行ってらっしゃい」

お琴の声に見送られて、『桔梗家』を出た。新吉は三味線の箱を持ってお葉に続く。

「今夜の出先は『大村家』でしたね」

「ええ、日本橋の旦那衆よ。お馴染《なじ》みさん」

そう答えてから、

「新さん」

と、お葉が声をかけた。

「へい」

「他の三人も調べるつもり？」

「はじめはそう思っていましたが、やめようと思います」

「どうして？」

「やはり、お客さまの裏を覗《のぞ》いてしまうことになるからです。もちろん、押込みと関係ないとわかれば安心ですが、別の事情を知ってしまうことになると……」

『松本屋』のことを脳裏に浮かべて言う。

「皆さん、それぞれ事情もおありでしょうから」

「そうね。お客さまが背中にどんな事情を抱えていようが関係ないわ。御座敷でのひとときを楽しんでもらうだけ」

「そうですね」

「でも、どうして急に？」

「いえ」

新吉は三味線の箱を持ち直し、『大村家』の裏口を入って行った。

二

日本橋橘町で辻強盗《つじごうとう》が現れてから五日後、伊《い》勢町堀《せちょうぼり》で男が殺された。

殺されたのは職人ふうの男だ。やはり、左の頸《くび》から臍《へそ》の辺りにかけて斬られている。同じ傷口だった。

殺されて間がない。財布は盗まれていた。

ホトケは近くの小舟町《こぶなちょう》に住む竹蔵《たけぞう》という指物師である。親父橋《おやじばし》の近くにある居酒屋で呑《の》んだ帰りに襲われたのだ。

頭巾《ずきん》をかぶった長身の侍が親父橋を渡って葭町《よしちょう》のほうに行くのを見ていた者が

いた。その先に長谷川町がある。

「おまえさんはどうしてその場所にいたのだ？」

伝八が目撃した男にきいた。

「あっしも親父橋近くにある居酒屋で呑んでいたんです。もう店を閉めるというんで腰を上げました。先に引き上げたのは竹蔵さんです。あっしは巾着《きんちゃく》から金を出すのに手間取って少し遅れて居酒屋を出ました」

男は青ざめた顔で、

「外に出て照降町《てりふりちょう》を伊勢町堀のほうに歩きはじめたとき、頭巾をかぶった長身の侍と擦れ違ったんです。その侍は親父橋を渡って行きました。あっしはそのまま伊勢町堀に出て、堀沿いを歩いていると、ひとの騒ぎ声がして……。近づいたら、竹蔵さんが倒れていたんです」

「竹蔵を知っているのか」

「いえ、居酒屋で見かけるだけで話したことはありません。あんとき、あっしのほうが店を出るのが早かったら、死んでいたのは竹蔵さんじゃなくて……」

男はぶるっと体を震わせた。

「例の浪人がいるかどうか確かめるんだ」

扇太郎は伝八に命じた。長谷川町に住む町田十兵衛という浪人だ。

「へい」

伝八が走って行く。

ホトケの周辺には手掛かりになるようなものは落ちていなかった。

伝八が戻ってきた。

「おります。住人にきいたら、ちょっと前に帰ってきたそうです」

「よし、今度こそ刀を見せてもらおう」

「へい」

扇太郎と伝八は親父橋を渡り、葭町を過ぎ、人形町通りに入った。

長谷川町の長屋木戸をくぐり、町田十兵衛の住まいの前に立った。

伝八が腰高障子を開ける。

「ごめんなすって」

伝八が土間に入り込む。

「何用か」

ふとんを敷こうとしていた十兵衛が咎《とが》めるように言う。

「町田さま」

扇太郎は上がり框《がまち》まで近付き、

「じつは伊勢町堀でまたも辻強盗が出ました」

「……」

十兵衛は顔をしかめた。

「下手人の侍は親父橋を渡って行ったそうです。こっちのほうに逃げてきたんです。町田さま」

扇太郎は迫るように、

「お腰の物を見せていただけませんか」

「困る」

十兵衛は即座に答えた。

「なぜですかえ。武士の魂だからですかえ」

伝八が責める。

「そうだ」

「町田どの」

扇太郎は「さま」から「どの」に呼び方を変えた。

「ここからそう遠くない伊勢町堀で辻強盗が現れたんです。頭巾をかぶった長身の侍が親父橋を渡って行くのを見ていた者がいたのです。夜、外出していたそうですね。町田どの、ご自分の置かれた立場を考えたら、自ら疑いを晴らそうとすべきではありませんか」

扇太郎は鋭い声で言う。

「その刀さえ見せていただければ、すぐわかることではありませんか。それで血糊《ちのり》がついていなければ……」

「私を疑っているのであれば、それで疑いが晴れるとは思えぬ」

「なぜですか。ひとの血を吸った刀かどうかこの目で……」

「血糊がついていなかったら疑いが晴れるのか。今度は、もう一本刀を持っているのではないかと言い出すのではないか」

「部屋の中を見回しても、もう一本の刀を置いてあるとは思えません。それに、失礼ですが、刀をもう一本持つ余裕があるとは……」

「…………」

十兵衛は口を真一文字にした。

「いかがですか。刀を見せれば済むことではありませんか。それでも拒むのは見せられないわけがあると考えるしかありませんが」

「そのとおりだ」

十兵衛は溜《た》め息をつき、

「見られたくなかった」

と、苦しそうに顔を歪《ゆが》めた。

「見せていただけるんですね」

扇太郎は確かめるようにきく。

「止むを得ぬ」

十兵衛は壁に立てかけてある刀をとり、扇太郎に渡した。

「預かります」

扇太郎は受け取り、おやっと思った。軽く感じられたのだ。訝《いぶか》しく思いながら、懐から懐紙をとり口に銜《くわ》えようとした。

「いや、その必要はない」

十兵衛が声をかけた。

「そうはいかない」

扇太郎は刃《やいば》に息がかからないように懐紙をくわえた。

そして、柄《つか》に手をかけ静かに刀を抜いた。扇太郎は途中であっと叫んだ。

「これは……」

「そうだ、竹光だ」

十兵衛は恥じ入るように言う。

「竹光ですって」

伝八が驚いて刀身に目を近づけた。

「本当の刀は？」

扇太郎は鞘《さや》に戻してきく。

「金に換えた」

「刀は武士の魂だと仰《おっしゃ》ってましたね」

「そうだ。だから、見られたくなかったのだ」

十兵衛は屈辱を受けたように膝《ひざ》に置いた手を握りしめた。

「わかりました。お疑いして申し訳ありません」

「いや。わかってくれたらそれでいい。ただ、このことは他言無用に願いたい」

「わかりました」

扇太郎は答え、

「よろしかったら、なぜ腰のものまで手放さなくてはならなかったのか、わけを教えていただけませんか」

「話しても仕方ない」

「そうでしょうが……」

「いや、よそう」

「そうですか。でも、刀がないと困りましょう」

傘の張り替えでは実入りは少ないはずだ。刀があれば口入れ屋から用心棒の仕事をもらうことも出来よう。

そのことを言うと、十兵衛は意外なことを口にした。

「用心棒の仕事をもらっている。さっきもその仕事をしてきたのだ」

「まさか、竹光で？」

「先方は竹光だとは思っていない。それに、用心棒はあくまでも雇い主の身を守ればいいのだ。いざというときも、刀を抜くまでもないので困らぬ」

「素手で相手をするのですか」

「そうだ。幸い、今まではそれほどの凄腕《すごうで》の相手は現れなかった」

「なるほど。もっともだが……」

扇太郎は頷《うなず》いてから、

「刀を売って得たお金は何に使ったのですか」

「借金の返済だ」

「借金？　それほどの借金をなぜ？」

「暮らしの足しだ」

ほんとうのことを話していないようだ。しかし、深く立ち入ることも憚《はばか》られ、

「よくわかりました」

と、扇太郎は話を切り上げた。

「もうお邪魔はいたしません」

そう挨拶《あいさつ》をして引き上げようとしたとき、

「お待ちを」

と、十兵衛が呼び止めた。

扇太郎は振り返る。

「辻強盗《つじごうとう》は長身の侍だそうだな」

「そうです」

「二度とも、この界隈《かいわい》に逃げているのか」

「ええ。この界隈に隠れ家があるのではないかと思われます」

「単に素通りをしただけかもしれぬではないか。暗がりをうまく伝ってひと目を避け、大川に出て新大橋《しんおおはし》を渡ったとは考えられぬのか」

「前回は新大橋を渡った形跡はありません」

伝八が横合いから答える。

「前回はなくても、今夜は新大橋を渡ったかもしれぬ」

十兵衛が自信に満ちた声で言う。

「同じ下手人なら、それは考えづらいと思います」

「なぜだ?」

「やはり、隠れ家に帰るのでしょうから、隠れ家がいくつもあるとは思えませんからね」

「そうかな」

十兵衛は首を傾げたあと、

「浜町堀から舟で逃げたということはないか」

「それも調べました。浜町堀に幾つかの辻番所があります。番人は舟を見ていません。特に、浜町堀の河口にある辻番所も舟の出入りはなかったと言っています。それに、仲間がいたとは思えません」

「そうか」

十兵衛は表情を曇らせた。

「町田さま。何か、ご存じなのですか」

「いや。引き止めてすまなかった」

「そうですか」

腑《ふ》に落ちないまま、扇太郎は戸口に向かった。

長屋木戸を出たところで、扇太郎は呟《つぶや》いた。

「妙だ」

「何がですかえ」

「町田十兵衛だ」

「でも、刀は竹光でしたから……」

「いや、そうではない。何か知っているような気がする」

「何かって、辻強盗のことをですかえ」

「長身の侍のことだ。辻強盗が新大橋を渡ったのではないかとか、舟を使ったのではないかとかきいたのは、ほんとうにそう思ったからではない。確かめたのだ」

扇太郎は十兵衛の心の内を想像した。

「町田十兵衛は浜町堀界隈の武家地については口にしなかった。おそらく、辻強盗がその武家屋敷のどこかに逃げ込んだと考えたのだろう」

「なぜ、口にしなかったんですかね」

「長身の侍に心当たりがあるのではないか。念のために、町田十兵衛を見張るのだ。きっと動き出すに違いない」

「へえ、わかりました」

扇太郎と伝八は伊勢町堀に戻った。ちょうど、竹蔵の亡骸《なきがら》が戸板に乗せられて長屋に運ばれて行くところだった。

翌日の朝、扇太郎と伝八は長谷川町の下駄《げた》屋の土間から長屋木戸を見ていた。四《し》半刻《はんとき》（三十分）後、木戸口に町田十兵衛が現れた。腰に刀を差している。竹光だ。扇太郎と伝八はあとをつける。

十兵衛は浜町堀に出て橋を渡り、久松町《ひさまつちょう》を抜けて武家地にやってきた。小禄《しょうろく》の武士の屋敷が並んでいる。

十兵衛はまっすぐ進んだ。そして、ある屋敷の前で立ち止まった。十兵衛は冠木《かぶき》門《もん》を入って行った。

四半刻余りで、十兵衛が出てきた。扇太郎と伝八は斜め前にある屋敷の門の陰に身を隠した。

十兵衛は来た道を戻って行く。

扇太郎と伝八は通りに出て、十兵衛が出て来た屋敷の門の前に立った。

門から風呂敷包《ふろしきづつみ》を背負った小間物屋の男が出てきた。

男が屋敷を離れてから、扇太郎は声をかけた。

「今出てきたのはどなたのお屋敷か」

「葉田治郎兵衛《はだじろうべえ》さまです」

小間物屋は緊張した声で答える。

「葉田治郎兵衛どのだな。そなたは、葉田どののお屋敷に出入りをしているのか」

「はい。奥さまのところに」

「葉田治郎兵衛どのはいくつぐらいのお方か」

「三十ぐらいだと思います」

「背は？」

「背？」

「背丈だ。背は高いか」

「はい。長身でございます」

小間物屋は訝《いぶか》しげに、

「葉田さまが何か」

と、きいた。

「いや、なんでもない。もういい」

「はい」

小間物屋は頭を下げて去って行った。

近くの屋敷から侍が出てきて、こっちを見た。三十前後だ。中肉中背でがっしりした体つきだ。その侍が眦《まなじり》をつり上げて近づいてきた。

「あの顔つきは文句を言いたそうだ」

扇太郎は苦笑した。武家地は奉行所の管轄ではない。支配違いだということで、何かを言おうとしているのだろう。

「旦那《だんな》、どうしますね」

伝八が困ったように言う。

「素直に聞くしかない」

侍が目の前に立って、

「町方が何の用か」

と、責めるようにきいた。

「へえ、じつはこの橘町と伊勢町堀で二件の辻強盗《つじごうとう》がありました。現場から去って行く頭巾《ずきん》をかぶった長身の侍が見られていました」

「その侍がこっちに逃げ込んだとでも言うのか」

「いえ、念のために調べているだけです」

「念のためだと？」

侍が口元を歪《ゆが》め、

「武家地で町方が勝手な真似をすることは許されぬ。確《しか》とした証《あかし》があるなら、それなりの手続きを踏んでやれ」

「わかりました」

扇太郎は素直に応じたあとで、

「失礼ですが、不審な人物を見かけたことはありませんか」

と、相手の言葉を無視してきいた。

「今言ったばかりではないか。ちゃんとした手続きを踏んで出直せ」

高飛車な言い方に、扇太郎はついかっとなり、

「失礼ですが、ご尊名をお伺いしてよろしいでしょうか。私は南町奉行所定町廻り同心梶井扇太郎と申します」

「名乗るいわれはない」

「では、これだけお聞かせください。我らに対して何か含むところがおありですか」

扇太郎はきいた。

「なに？」

「それとも、調べられたら困るやましいことがあるとか」

「無礼な」

「確かに、武家地は我らの支配が及ばぬ場所です。しかしながら、お侍さまたちは料理屋や買い物などで町人地にお出かけになりましょう。いえ、奉公人だって町に繰り出すこともおありでしょう。そんなときに何か事件に巻き込まれたら、当然ながら我らの調べを受けることになります」

「それがどうした？」

侍は顔をしかめた。

「いえ、我らに何か含むことがあるお侍さまだということになれば、町人地で何か問題を起こしたとき、どうしてもお侍さまのほうに不利なことに……」

「きさま、脅しているつもりか」

「いえ、ほんとうのことを申しただけです。もっとも町人地で何も問題を起こさねばどうということはありませんが」

「…………」

「ここであなたさまに苦情を言われたことは、奉行所に帰って上役に話します。ですから、町人地で決して問題を起こさないようにしてください。もし問題を起こしたら、落ち度がなかったとしてもあなたに責任が……」

「なるほど。日頃から奉行所に付け届けをしておけということか」

侍は冷笑を浮かべた。

「いえ、何もあえて奉行所を敵にまわすような真似をしなくていいのではないかと言いたいのです」

「敵にまわしているわけではない。ただ目障りだから言っているのだ。とっとと引き上げてもらおうではないか。不浄役人め」

侍は捨て台詞《ぜりふ》を残してどこぞに出かけて行った。

「旦那、だいじょうぶですかえ。あの侍、何か仕返しをしてくるんじゃないですかえ」

伝八が不安を口にする。

「いや、そんな度胸はあるまい」

扇太郎は呟《つぶや》く。

「でも、旦那にしちゃ珍しいですね。言い合いをするなんて」

「うむ、ついかっとなってしまった」

「あの侍、奉行所に何か恨みでもあるんでしょう」

「いや。あの男の最後の言葉を聞いたか」

「ええ、不浄役人と」

「俺たちは罪人を扱うので卑しめられているのだ。今の侍は露骨に顔をゆがめていた。俺たちを一段低く見ているのだ」

扇太郎は今の侍の目を見てつい興奮してしまった。

「引き上げよう」

「へい」

来た道を戻りかけたとき、道の真ん中に長身の浪人が立っていた。

「町田どの」

　扇太郎は思わず足を止めた。

「だいぶ相手を怒らせたようだな」

　十兵衛がにんまりした。

「なぜ、ここに？」

「あとをつけてきたのは知っていた」

「そうですか、気づかれていましたか」

　扇太郎は苦笑し、

「で、なぜここで待っていたのですか」

「話しておいたほうがいいと思ってな」

　十兵衛は真顔になった。

「葉田治郎兵衛どののことですか」

「そうだ」

「葉田どのは長身だそうですね。あなたは辻強盗が葉田どのではないかと思い、確かめにきたのではないですか」

　扇太郎はきいた。

「いや、違う。葉田どのは辻強盗などをするようなお方ではない。広敷添番《ひろしきそえばん》の職にあり、人柄も穏やかだ」

　十兵衛は強く言う。

「失礼ですが、町田さまと直参の葉田さまはどのようなご関係で？」

「葉田さまの屋敷に出入りしている商家の主人の用心棒をしたことがある。その主人を通じて、お互い囲碁を嗜《たしな》んでいることを知り、お付き合いするようになった」

「囲碁ですか」

「そうだ。ときたま、碁を打っている」

「きょうはどのようなご用で葉田さまをお訪ねに？」

「囲碁のお誘いだ」

「町田さまからですか」

「そうだ、都合をききにきた」

「それだけですか」

「そうだ」

「囲碁の誘いはいつも町田さまから？」

「まちまちだ。よいか、このことを確かめんと葉田さまを訪ねても無駄だ。囲碁の誘いだと答えるはずだ」

「尾行に気づいていたのですから、そのあたりは口裏を合わせておられるでしょうね。でも念のためにお訪ねしても構いませんか」

「無駄だと思うが、訪ねたければ止めはせぬ」

そう言い、町田は踵《きびす》を返して去って行った。

「どうしますか」

「町田どのが言うように訪ねても無駄だろう。町田どのはまだ何か隠している。それを聞き出すためにも、ここは町田どのを立てておいたほうがいいだろう」

扇太郎はそう言い、今日のところは黙って引き上げることにした。

三

夜が更けるにしたがい、さらに寒くなった。

新吉は『桔梗家』にお葉を送り届けてから、秋葉神社の参道を抜けて、自分の家に帰った。

ひんやりした部屋に上がり、行灯《あんどん》に灯を入れ、火鉢をかき回し熾火《おきび》を出して炭をくべた。かすかに温《ぬく》もりが伝わってきた。

外で物音がした。風のせいか。新吉は注意を戸の外に向けた。ひとの気配がした。

ひとりではない。ふたり、三人……。

新吉は土間に下り、竈《かまど》のそばに行き、武器に手頃な薪《まき》を手にした。

戸口に行き、心張り棒を外した。外に誰もいなかった。だが、暗がりからひとの気配がする。

「出てきたらどうか」

新吉は暗がりに向かって声をかけた。

枯葉を踏む音が聞こえ、遊び人ふうの男が現れた。ゆっくり近づいてきた。どこかで見かけた顔だ。細面で、眉毛《まゆげ》が濃く、目《め》尻《じり》がつり上がっている。

「あんたは酉《とり》の市の……」

鷲神社で『天野屋』の徳兵衛の懐を狙っていた掏摸《すり》だ。新吉が気づいて邪魔をすると、そのことを根に持ったのか仲間を連れてあとをつけてきた。

「西方寺では痛めつけられた。その礼をしたいと思ってな」

「それは殊勝なことだ。それにしても、どうしてここがわかった？」

「調べるのはたいしたことはない」

男は笑った。

背後から浪人がふたり現れた。ふたりとも大柄でいかつい顔をしている。ひとりは髭面《ひげづら》で、もうひとりは太くて短い眉毛をしていた。

「やってくれ」

男は浪人に言った。

ふたりの浪人は前に出た。

「死んでもらう」

いきなり、髭面が抜き打ちに斬りつけてきた。新吉は横っ跳びに身をかわしたが、続けざまに襲ってきた。新吉は薪で剣を弾《はじ》く。浪人は構え直して休むことなくさらに斬り込んできた。薪で撥《は》ねつけようとしたが、浪人は薪を真っ二つに斬った。新吉は手元に残った薪を投げつける。浪人は難なく飛んできた薪を撥ねのけた。

もうひとりの眉毛の太い浪人も抜刀し、横手から迫ってきた。そのとき、誰かが家に入って行った。そして、すぐ出てきた。

「新さん」

茂助《もすけ》だった。

眉毛の太い浪人が上段から斬り込んできた。

「ほれ」

茂助が刀を放った。新吉は伸びをして刀を摑《つか》み、鞘《さや》のまま相手の剣を弾き、素早く剣を抜き、相手に切っ先を向けた。

相手の動きが止まった。髭面が強引に斬り込んできた。新吉は身を翻して相手の二の腕を襲った。

相手はあわてて避《よ》けたが、袂《たもと》が裂けた。

「まだやるか。これ以上やれば怪我をする」

「おのれ」

髭面は肩で息をしながら呻《うめ》くように言う。

「掏摸の男に頼まれたのか」

ふたりに切っ先を向けて問い質《ただ》す。

「もうその男はいない。おまえさんたちが不利だと悟り、逃げだしたようだ」

「…………」

「刀を引け」

新吉は左手に持っている鞘に刀を納めた。

そのとき、髭面が斬りかかろうとした。しかし、新吉が刀の柄《つか》に手をかけたのを見て、思い止《とど》まった。

「怪我をしたくなければ、このまま引き上げろ。だが、今度襲ってきたら斬る」

「おまえは侍だったのか。話が違う」

眉毛の太い侍が目を剝《む》いて言う。

「侍だったのは昔の話だ」

いきなり、ふたりは逃げだした。

「新さん、勝手に家に入って柳行李《やなぎごうり》を漁《あさ》ってすまなかった」

茂助が謝った。

「何を言うんだ。とっつぁんのおかげで助かった」

新吉は小さな顔に無数の皺《しわ》がある茂助の顔を見て言う。

「そうか。でも、俺が余計な真似をしなくても新さんなら相手をやっつけただろうが」

「いや、とっつぁんに来てもらってよかった」

あのまま素手で立ち向かっていたら相手の刀を奪い、弾みで怪我をさせてしまっていたかもしれない。

「でも、どうしてあっしが襲われているってわかったんだ？」

新吉はきいた。

「さっき秋葉神社にお参りに行った帰りに胡散臭《うさんくさ》そうな浪人を見かけたんだ。ひょっとして新さんが狙われているのではないかと気になって来てみたんだ」

「よく気づいてくれた。どうだね、寄っていかないかい。ともかく、中に入ろう、寒い」

新吉は誘った。

「じゃあ、ちょっと」

ふたりは家に入った。

火鉢の炭は赤くなっていた。

「とっつぁん、当たってくれ」

「すまねえ」

酒を燗《かん》にして湯呑《ゆの》みに注いで出す。

「すまねえ」

茂助は酒を口に含んだあと、

「うまい酒だ」

と、思わず言った。

「灘《なだ》の酒だ。『武蔵屋』の旦那《だんな》からもらったんだ」

「そうか。ところで、さっきの浪人は何者なんだ？」

「掏摸の仕返しだ」

「掏摸？」

新吉は酉の市での出来事を話した。

「それにしちゃ、執念深くねえか」

「うむ。俺もそう思っているんだ。浪人を雇い、向島まで追いかけてきた。確かに、尋常じゃねえな」

新吉は湯呑みを持ったまま、考え込んだ。

掏摸の邪魔をしたことの報復にしては度が過ぎているようだ。それとも、あのとき『天野屋』の旦那の懐には掏摸がどうしても欲していた何かがあったのか。それを盗めなかったので新吉を恨んでいるのか。

いや、それだったら、掏摸は最初から『天野屋』の旦那を付け狙っていたことになる。向島を出たときからつけていなければ、鷲神社境内で掏《す》りとれない。

「やはり、妙だ」

新吉は呟《つぶや》いた。

「とっつぁん、すまねえが、明日舟を出してくれねえか」

茂助は元竹屋の渡しの船頭で、五十歳を過ぎた今でもときたま舟を漕《こ》いでいる。新吉もときどき舟を出してもらっていた。

「お安い御用だ。どこまでだ？」

「蔵前《くらまえ》だ。歩いてもたいしたことはないが」

「気にしなくていい。送っていくぜ」

「すまない」

その後、とりとめのない話をして、茂助は水戸《みと》家下屋敷の裏手にある家に引き上げた。

翌朝、新吉は茂助の漕ぐ舟で蔵前近くの船着場まで送ってもらった。

「じゃあ、四半刻《しはんとき》（三十分）ぐらいで戻る」

そう言い、新吉は陸《おか》に上がり、森田町《もりたちょう》にある札差の『天野屋』にやってきた。朝早くから米俵を積んだ大八車が店を出立していく。

「もし」

法被を着た番頭ふうの男に声をかける。

「あっしは向島の新吉と申します。旦那にお会いしたいのですが」

「向島の新吉さん？」

　番頭はうろんそうな顔をし、

「どのようなご用件で」

　と、きいた。

「へえ、ちょっとお訊《たず》ねしたいことがありまして」

「旦那とはどういう関係ですか」

「それは……」

　新吉は言いよどんだ。主人の徳兵衛が向島で遊んでいるとは言えない。

　困っていると、奥から徳兵衛が出てきた。

「おや、新吉ではないか」

「あっ、旦那。よいところで」

「どうした？」

「ちょっとお訊ねしたいことが」

「そうか。じゃあ、あがりなさい」

　徳兵衛は新吉を店座敷の脇にある小部屋に通した。

　差し向かいになって、新吉は切り出した。

「酉《とり》の市の日、旦那は鷲神社境内で掏摸《すり》に狙われました」

「うむ、新吉のおかげで無事だった。それがどうした？」

「あのあと、あの掏摸は仲間を集めてあっしに仕返しをしてきました」

「なに、仕返し？」

「はい。昨夜《ゆうべ》もその掏摸が浪人を使って襲ってきました」

「なぜ、それほど執拗《しつよう》に……」

徳兵衛は不思議そうに首を傾げた。

「旦那。あの日、旦那は何か大事なものを持っていませんでしたかえ」

「大事なもの？」

「ええ、掏摸の狙いは金ではなく、旦那が持っているある物ではないかと考えたのですが。たとえば文だとか。商売に関わる大事な文です」

「いや」

徳兵衛は否定する。

「他人が欲するようなものを、私は持っていない。ましてや、向島に遊びに行くのに大事な物など持ちはしない。さらに酉の市のような人出の多いところに出かけることは前からわかっていたのだ。持ち歩くはずがない」

「そうですね」

新吉はふと不安が萌《きざ》した。

「旦那が酉の市に出かけることを知っていたのはどなたでしょうか」

「お葉以外では『桜家』の女将《おかみ》と女中だ。座敷で、一の酉に行こうとお葉と約束をしたのだ。その場にいた者だけだ、知っていたのは」

「その座敷には幇間《ほうかん》の敏八さんもいらっしゃったのですね」

「そうだ。敏八もいっしょだった」

「すると、当日、旦那が酉の市に行くことは掏摸にはわかっていなかったはずですね」

「わかるはずがない」

「おそらく、向島からあとをつけて鷲神社境内で狙った。なぜ、そこまで待っていたのか。途中では狙えなかったのか。でも、旦那の懐には金以外に大事なものはなかった……。わざわざ、そこまでして旦那の懐を狙う理由はありませんね」

「そうだ。金だってそんなに持っていなかった」

「それなのに狙った……」

「ほんとうに私を狙ったのかね。たまたま、私が掏摸の視界に入ったからではないのか」

「それでしたら、あっしをあそこまで執拗に狙うわけがわかりません」

「そうよな」

やはりと新吉は胸騒ぎを覚えながら、

「敏八さんはどなたかに話したりするでしょうか」

と、確かめた。

「そんなことをするとは思えぬが」

「敏八さんの住まいをご存じですか」

「いや、知らない。だが、今夜敏八と会うから聞いておこう」

「今夜はどちらで？」

「柳橋だ。札差の寄合だ」

「柳橋と聞いて思いだしたのですが、ひとつおききしてよろしいでしょうか」

「うむ」

「美代次姐《ねえ》さんは今どうなさっているのでしょうか」

美代次は江戸一番の美妓《びぎ》と謳《うた》われた柳橋の芸者だ。

「どうとは？」

「最近、美代次姐さんをお連れにならないので」

徳兵衛は美代次を贔屓《ひいき》にしていたが、向島にお葉がいると知って向島でも遊ぶようになった。最初のころは向島に来るとき、美代次も連れてきて座敷で美代次とお葉を競いあわせた。

「美代次は少し疲れているようだ」

「疲れているとおっしゃいますと？」

「塞《ふさ》ぎ込んだり、急にはしゃいだり、気持ちが落ち着かない」

「何かあったのでは？」

「わからぬ」

「旦那は、近頃は美代次姐さんではなく夢吉《ゆめきち》という若い妓《こ》を贔屓になさっているとお伺いいたしましたが？」

新吉は直截《ちょくせつ》にきいた。

「美代次があまり座敷に出たがらないので夢吉を呼んでいるのだ」

「…………」

「新吉、このことはそっとしておけ」

「でも、美代次姐さんのことが心配で」

「どんな気持ちで心配しているのだ？」

「どんな気持ち？」

「惚《ほ》れているからか」

「とんでもない。お葉姐さんと並び比べられた芸妓ではありませんか。元気がないと知ると、気になります」

「私が夢吉に乗り換えたから美代次が気落ちしたと考えているようだが、それは違う」

「では、どうして？」

「もう一度言う。美代次のことはそっとしておけ」

「………」

「よいな」

「へい」

新吉は頭を下げた。

「敏八の住まいを聞いておく」

「わかりました。お願いいたします」

新吉は頭を下げて立ち上がった。

再び、茂助の漕《こ》ぐ舟で向島に戻った。

四

その夜の客は『松本屋』の彦右衛門だった。新吉は『桜家』の勝手口から入り、三味線を女中に預けた。

「姐さん。ではあとで」

お葉が座敷に向かったのを見送って、新吉が勝手口を出ようとしたとき、

「新さん」

と、女中頭が呼び止めた。

「『松本屋』の旦那は用心棒のお侍さんといっしょにやってきたんです」

「用心棒の侍？」

「はい。そのお侍さまが新吉さんとお話がしたい、三囲稲荷社で待っていると伝えるようにと言われました」

「あっしにですか」

新吉は確かめた。

「ええ、確かに新さんに」

「そうですかえ、わかりました」

新吉は『桜家』を出てから土手に向かい、三囲稲荷社にやってきた。鳥居をくぐり、辺りを見回す。すると、恵比須《えびす》・大黒《だいこく》の祠《ほこら》の脇の暗がりから着流しの細身の浪人が現れた。

新吉にまっすぐ近づいてきて、

「箱屋の新吉どのか」

と、声をかけてきた。

「へえ、新吉にございます。『松本屋』の旦那の……」

「そうだ。荒木又十郎《あらきまたじゅうろう》と申す」

細面の顎《あご》は尖《とが》り、細くて鋭い目つきをしている。

「ここは宝井《たからい》其《き》角《かく》が雨乞《あまご》いの句を詠んだということで有名だそうだな」

「はい。当時、日照りが続いていて、村人は雨乞いの祈りをしていたところに通り掛かった其角が『夕立や田をみめぐりの神ならば』という雨乞いの発句を詠んだところ、翌日に雨が降ったということです」

荒木又十郎は頷《うなず》きながら聞いていたが、

「じつは、拙者は縁あって『松本屋』の彦右衛門から警護を頼まれた。先日、ここの帰りに匕首《あいくち》を持った男に襲われたそうだな。そなたに助けてもらったと言っていた」

「旦那《だんな》は狙われた理由に、神田明神の境内で娘さんに絡んでいる男を諫《いさ》めたことがあった。商家の若旦那ふうの男だったと。その男が逆恨みをして……」

新吉は又十郎が首を横に振ったのであとの言葉を呑《の》んだ。

「違うんですかえ」

「拙者にもその話をしたが、その程度のことで命を奪おうなどとは考えられない。だから、ほんとうのことを話してくれなければまともな警護が出来ないと言ったら、渋々口にしたことがある」

「なんですか」

新吉は身を乗り出した。

「彦右衛門はどうしても欲しい骨董《こっとう》品があった。それを持っていたのは盗人《ぬすっと》だそうだ。どこぞの大名家から盗んだ物だった。つまり、欲しい品物を盗人から横取りした。そのことで恨まれていると言っていた」

「その盗人の名は？」

「暗闇の定九郎《さだくろう》という老盗人だ。その定九郎が殺し屋を雇ったに違いないと、彦右衛門は言っていた」

「そうですか」

新吉は応じてから、

「でも、なぜそのことをあっしに？」

「彦右衛門を守った男だ。また、彦右衛門を襲った男とそなたがいつどこで遭遇しないとも限らぬ。そなたにも、ほんとうのことを話しておいたほうがいいと思ってな」

「でも、荒木さまがいらっしゃれば、もはや私の出番はありますまい」

「いや」

又十郎は否定し、

「殺し屋はそなたに恨みを持っているかもしれない。いつ、そなたの前に現れないとも限らん」

「そうですね」

「まあ、そなたに話す必要もなかったが、そなたとは挨拶《あいさつ》をしておきたかったので、ここまでご足労願ったのだ。すまなかった」

「へい」

新吉は頭を下げてから、

「荒木さまは、旦那がお帰りになるまでどこでお過ごしに？」

と、気にした。

「どこかで適当に過ごす」

「でも、お寒うございます。よろしければ、あっしのところでお休みください。汚いところですが」

「ありがたいが、金をもらって警護をする身なれば、この周辺に怪しい者が潜んでいないかを調べておかねばならぬのでな」

又十郎は断った。

「そうですか。では、あっしはこれで失礼します。旦那のお帰りの際にはお見送りをいたしますので、また」

そう言い、新吉は『桔梗家』に戻った。

半刻《はんとき》（一時間）ほど過ごし、新吉はお琴に見送られて『桔梗家』を出た。

『桜家』の勝手口で待っていると、女中頭がやってきて、

「これから、お葉さん、『松本屋』の旦那を送りに」

と、告げた。

「へい、わかりました」

新吉は勝手口から門にまわった。

彦右衛門とお葉が並んで出てきた。新吉が会釈をすると、彦右衛門は軽く頷き、お葉と並んで土手に向かった。

少し遅れて、新吉はついていく。荒木又十郎の姿は見えない。

三囲稲荷社の前を過ぎ、土手に上がる。ようやく、又十郎が近づいてきた。

「怪しい者はいない」

又十郎は言った。

「ごくろうさまでした」

「今後、殺し屋はそなたに臆《おく》して向島には現れないかもしれぬな」

又十郎は含み笑いをした。

桟橋に下り、彦右衛門に続いて又十郎も舟に乗り込んだ。

「旦那、お気をつけて」

お葉が声をかける。

舟が岸を離れ、夜の川を下って行った。

「あのお侍さんがついていれば、旦那も安心です」

新吉は舟が見えなくなって、

「さあ、行きましょうか」

と、踵《きびす》を返した。

お葉はいつものように三囲稲荷社のお参りをした。新吉は恵比須・大黒の祠《ほこら》の背後に広がる暗がりに目を向けた。

微《かす》かに殺気を感じた。何者かがこっちを窺《うかが》っている。新吉はそこに駆けつけようとしたが、社殿のほうに目をやった。

お葉はまだ手を合わせている。仲間が別の場所に潜んでいるかもしれない。新吉が祠の先の暗がりに駆けつけた隙に、反対側から暴漢が飛び出してきてお葉に危害を加えないとも限らない。

新吉はしばらくそこに佇《たたず》んだ。やがて、ひとの気配は消えた。

何者か。『松本屋』の彦右衛門を狙っていた者か。用心棒がいたために手が出せず、代わりに新吉を襲おうとしたのか。

「新さん。どうしたの」

お葉が参拝を終えて戻ってきた。

「いえ、なんでも。さあ、帰りましょうか」

「ええ」

ふたりは鳥居に向かった。

「『松本屋』の旦那《だんな》が仰《おっしゃ》っていたけど、柳橋の美代次さん、今御座敷に出ていないみたいね」

お葉が口にした。

「御座敷に出ていない？　ご病気でしょうか」

「そうらしいわ。それも心が病んだみたい。『天野屋』の旦那が夢吉さんに乗り換えたことで美代次さんは傷ついたという噂だそうよ。『天野屋』の旦那も、そのことは否定していないそうよ」

「『天野屋』の旦那は否定していない？」

「ええ。だから、みんなそう信じているそうよ」

「でも、『天野屋』の旦那は、あっしが夢吉に乗り換えたから美代次が気落ちしたと考えているようだが、それは違うと仰っていました」

「『天野屋』の旦那が？」

「そうです。はっきりと仰っていました。美代次姐さんは座敷に出たがらないので仕方なく夢吉さんを呼ぶようになったそうです」

「そう。でも、『天野屋』の旦那は新さんにだけはなぜそのように否定したのかしら」

お葉は不思議そうに言ってから、

「いずれにせよ、それまで長い間、江戸一番の名花と讃《たた》えられてきたのに、若い夢吉さんにその座を奪われようとしている。その焦りから心を病んだのではないかと、『松本屋』の旦那は仰っていたわ」

新吉は驚いて呟《つぶや》いた。

「『松本屋』の旦那は柳橋でも遊んでいらっしゃるのですね」

「ええ。一年前から通いだしたそうよ。そこで、私の話が出て、向島に来るようになったとか」

「そうですか」

よく考えれば、『松本屋』の彦右衛門が柳橋で遊んでいるというのは不思議でもなんでもない。たいがい、柳橋などの他の土地でお葉の噂を聞いて向島に通いはじめるものが多い。

『桜家』に寄り、三味線を受け取って、『桔梗家』にお葉を送り届けた。

自分の家に近づいたとき、新吉は辺りに注意を向けた。殺気がした。地を蹴《け》る音が迫ってきた。

新吉は横っ跳びに避《よ》けた。黒い着物を尻端折《しりはしょ》りし、黒い布で頬被《ほおかぶ》りをした男が新吉の脇を風のように通り過ぎて行った。

賊は途中で足を止めて振り返った。腰に匕首《あいくち》をあてがい、再び突進してきた。新吉は間近まで引き付けて素早く横に逃れた。

「何奴だ」

新吉は誰何《すいか》する。

『松本屋』の彦右衛門を襲った相手か、それとも掏摸《すり》の仲間か。

賊はしばらく身構えていたが、いきなり体の向きを変えて逃げて行った。賊が去ったあと、冷たい風が吹きつけていた。

翌日の昼前、新吉は着替えを済ませた。唐桟《とうざん》の着物に博多献上帯、尻を端折り、土間に下りかけたとき、戸が開いて男が顔を出した。

「ごめんなさいな」

「敏八さん」

野太鼓の敏八だった。四十近いが、洒脱《しゃだつ》な男だ。

「おや、もうお出かけですか」

敏八は困惑した顔できいた。

「いえ、まだだいじょうぶです」

「じつは昨夜《ゆうべ》、『天野屋』の旦那から新吉さんがあっしに用があると伺いまして」

敏八は上がり框《がまち》の前に立った。

「それでわざわざここまでやって来てくれたのですか」

「へえ。旦那の話だと、酉《とり》の市での掏摸の件だと」

敏八は不安そうにきく。

「ええ。あの掏摸は『天野屋』の旦那が酉の市に出かけることを知っていたのではないかと思えるのです。どうして、そのことを知ったのか」

「最初から旦那の懐を狙っていたと言うんですね」

「ええ」

「どうして、そう思われるのですか」

「掏摸の仕事の邪魔をしたとあっしを恨んで、その後二回、あっしを襲ってきたのです」

「邪魔をされたことがそれほど癪《しゃく》に障ったってことですか」

「どうもそのあたりのことがよくわからないんです」

「………」

「敏八さんは何か心当たりがあるのですね」

「へえ」

敏八は小さくなった。

「敏八さんが誰かに話したのですか」

「すみません」

「誰にですか」

「菊乃《きくの》って柳橋の芸者です」

「菊乃さんって、どんな芸者なんですか」

「年増《としま》の芸者です。座持ちがいいので、人気があります」

「どういう経緯《いきさつ》でそんな話をしたのですか」

「日本橋の旦那の御座敷に呼ばれましてね。そこに来ていたのが菊乃さんでした。

そこで、もうじき御西様がやってくるという話になりました」

敏八は思いだしながら、

「菊乃さんから、御酉様に行くのかときかれ、『天野屋』の旦那のお供でと答えたら、私もついていこうかしらと言うので、向島から行くので無理ですよと言いました。そんな話をしました」

「それだけですか」

「そうです。その場に、旦那のお連れもいらっしゃいましたが、この話は聞いていなかったと思います。ですから、菊乃さんが誰か他の者に話したのかもしれません。でも、菊乃さんがなんでそんなことを他人に話すかわかりません」

敏八は不安そうな顔で、

「掏摸は『天野屋』の旦那の懐を最初から狙ったんですかえ」

と、きいた。

「そうかもしれないと思ったのですが、旦那は掏摸が欲しがりそうなものは持っていなかったようですので」

新吉は首を傾げた。

「じゃあ、なぜ、旦那《だんな》の懐を？」

「わかりません」

新吉はそう答えたが、ある疑惑を抱いていた。

「菊乃さんの住まいはわかりますか」

「いえ、住まいは知りません。お国姐《くにねえ》さんからきけばいいでしょう。下柳原同朋町《しもやなぎはらどうぼうまち》に住んでいます」

「わかりました」

お国は吉原にいて、今は柳橋に移ったという芸者だ。

「それではあっしはこれで」

敏八は引き上げようとした。

「敏八さん。わざわざ来ていただいてすみませんでした」

「『天野屋』の旦那に関わることですから、じっとはしていられません」

敏八は厳しい顔で言い、引き上げた。

ともかく、菊乃から話を聞かねばならないが、これから仕事だった。

新吉は『桔梗家』に急いだ。

五

夜五つ半（午後九時）をだいぶ過ぎた。

見廻《みまわ》りしていた扇太郎は馬喰町《ばくろちょう》三丁目に差しかかったときに女の悲鳴を聞いた。扇太郎は伝八とともに駆けた。

大戸が閉まった商家の角に、男が倒れていた。そばで若い女が腰を抜かしていた。料理屋に勤めている女のようだ。

「下手人を見たか」

扇太郎は女にきいた。

「頭巾《ずきん》をかぶったお侍があそこを右に」

女は横山町《よこやまちょう》のほうに向かう横道を指差した。

まだ遠くに行っていないはずだと思い、あとを伝八に任せ、扇太郎は四つ辻《つじ》に向かって駆けた。角を右に曲がる。

職人体の男が立ちすくんでいた。

「頭巾をかぶった侍を見なかったか」

「あっちに」

震える声で言う。

「よし」

扇太郎は横山町の通りに入って立ち止まった。左右を見る。侍の姿はない。通りを突っ切ると、武家地に入った。

やはり、浜町堀の武家地に逃げ込んだ。扇太郎は辻番所に寄り、頭巾をかぶった侍を見なかったかときいたが、番人は首を横に振った。

「長身の侍は通りましたか」

「それなら見かけた。顔は暗くてわからなかったが、長身だった」

「どっちに行きましたか」

「薬研堀のほうだ」

扇太郎は礼を言い、辻番所を離れ、薬研堀のほうに向かった。

だが、途中で行方が途絶えた。扇太郎は念のために葉田治郎兵衛の屋敷に向かった。

屋敷の前にやって来た。屋敷は静かだった。辻強盗がここに逃げ込んだかどうかわからない。

町田十兵衛は葉田治郎兵衛は辻強盗ではないと言い切っていたが、十兵衛がそう信じたいだけかもしれない。

だが、屋敷を訪れるわけにもいかない。

扇太郎は諦《あきら》めて引き返した。現場に戻ると、伝八が待ち兼ねたように、

「いかがでしたか」

と、きいた。

「だめだ。追いつけなかった」

そう言い、ホトケのそばに行き、手を合わせてから亡骸《なきがら》を検《あらた》めた。

「同じ斬り口だ」

「へえ、女も長身の侍だったと言っていますので、一連の辻強盗に間違いありません」

「うむ。途中で出会った職人も長身の侍だったと言っていた。いずれにしろ、浜町堀の武家地に逃げ込んだ。どこかに隠れ家があるのだ」

「旦那。やはり、葉田治郎兵衛は怪しくありませんか」

「うむ」

伝八が扇太郎の背後を見て、あっと叫んだ。

「旦那」

その声に、扇太郎は振り返った。

長身の浪人がやってきた。

「町田どの。どうしてここに？」

「話しておきたいことがある」

十兵衛は厳しい顔で言う。

「先日、葉田治郎兵衛どのを訪ねたのはあることをききに行ったのだ」

「あること？」

「ひとに聞かれたくない。別の場所で」

「自身番では？」

「いや。寒いが外でいい」

「わかりました、馬場の脇で」

郡代《ぐんだい》屋敷の隣にある馬場まで行った。

「ここなら誰もいません」

扇太郎は十兵衛に顔を向けた。

「一度、葉田どのがこんなことを拙者に言った。あるお屋敷の前で長身の侍を見かけて、拙者だと思って声をかけた。振り向いた顔を見て、ひと違いだとわかったという。その浪人は目《め》尻《じり》がつり上がっていたそうだ」

十兵衛は間を置いて、

「梶井どのから辻強盗の特徴を聞いて、葉田どのが見かけたという侍を思いだした。それで、先日、葉田どのにその侍を見かけたのはどこの屋敷かをききに行ったのだ」

「どこなんですか」

「原田《はらだ》備後守《びんごのかみ》さまの下屋敷だそうだ」

「原田備後守さま……」

「拙者は辻強盗がその侍ではないかと睨《にら》み、今夜も原田さまの屋敷を見張っていた」

「見張っていた？　どうしてそこまで？」

「何の罪もない者を金目的のために殺す輩《やから》が許せなかった。辻強盗を疑われた身としてはなおさらだ」

「そうですか。で、いかがだったのですか」

「五つ（午後八時）ごろ、裏門から出てきた。拙者はあとをつけた。その侍は日本橋から神田方面にかけて歩きまわっていた。だが、途中で見失った」

　十兵衛は悔しそうに言い、

「それで、原田さまの屋敷に戻り、裏門を見張った。すると、四つ（午後十時）前に、その侍が戻ってきた」

「原田さまの屋敷に入って行ったのですね」

「裏門からだ。なにをしていたのか気になって、拙者も歩きまわってみた。そしたら、辻強盗が現れたと耳にし、ここにやって来たのだ」

「そうでしたか。では、その侍は今は原田さまの屋敷にいるのですね」

「断っておくが、拙者はその侍が辻強盗を働いたのを見たわけではない。ただ、怪しいと疑っているだけで、証《あかし》があるわけではない」

「わかっています」

「それに、その侍が原田家とどのような関係にあるかわからぬ。家来ではないだろうが、屋敷内にその侍の仲間がいることは間違いない」

「わかりました。助かりました」

「うむ。これで拙者も夜に出歩かずに済む」

十兵衛は真顔で言い、引き上げて行った。

扇太郎は大名の下屋敷が並ぶ中にある原田備後守の下屋敷にやってきた。七万石の西国の大名だ。

裏門にまわった。門はしっかり閉ざされている。

「今夜は出てこないだろう。明日の朝から交替で見張らせるのだ」

「わかりやした」

伝八は意気込んで応《こた》えた。

翌朝、出仕して同心詰所に行くと、定町廻り同心は年寄同心詰所に集まるように言われた。

扇太郎が詰所を出ようとしたとき、小石川《こいしかわ》・牛込《うしごめ》方面を受け持っている定町廻り同心が声をかけてきた。

「昨夜《ゆうべ》、馬喰町でも辻強盗《つじごうとう》が現れたそうだな」

「馬喰町でも？　ひょっとして……」

扇太郎は驚いてきき返す。

「そうだ。神楽坂《かぐらざか》で辻強盗が現れた」

「なんと、一夜に二件も……」

「殺されたのは商人《あきんど》だ。喉《のど》を斬られていた」

「喉ですか」

「そっちは何時だ？」

「五つ半（午後九時）過ぎです」

「こっちも同じ頃だ。別人だな。辻強盗に影響を受けてのことか」

「…………」

「よし、行こう」

奉行所の母家にある年寄同心詰所に向かった。

そこには年番方与力の木戸《きど》文左衛門《もんざえもん》が厳しい顔で待っていた。六人の同心が集まると、一同を見回して、文左衛門が口を開いた。

「昨夜も馬喰町と神楽坂で辻強盗が現れた。これで六件だ。真似する者も出はじめた。押込みのほうも手掛かりはない」

文左衛門は息を整え、

「昨日、登城されたお奉行は押込みと辻強盗の件で問いつめられたそうだ。これ以上、被害を出さぬように警戒を厳重にと言われた夜に、二件もの辻強盗が出た。もはや、これ以上、犠牲者を出すわけにはいかない」

同心たちは黙って聞いているしかなかった。

「町の衆からも奉行所に、お叱りが来ている。奉行所は何をしているのだと。よいか、このままではお奉行の立場もなくなる。なんとしてでも、辻強盗を捕まえねばならぬ。手掛かりはあるのか」

文左衛門は一同を見回し、扇太郎のところで顔を止めた。

「梶井扇太郎、何かあるのか」

「はい。今、疑わしい浪人が見つかったところです。ただ、この浪人は浜町にある原田備後守さまの下屋敷に入っていったそうです」

「原田さま？」

文左衛門はきき返した。

「はい。原田備後守さまです」

扇太郎は経緯《いきさつ》を話した。

「おそらく、原田さまのお屋敷の中間《ちゅうげん》などに、辻強盗を働いた侍の仲間がいるのではないかと思われますが、相手は大名家なので慎重に調べを進めてまいります」

「よし、応援を出す。その侍を徹底的に見張るのだ」

「はい」

「それから、そろそろ押込みがあるかもしれぬ。その警戒も怠らぬように」

「木戸さま」

扇太郎は訴えるように、

「原田さまの奉公人から話を聞くことは出来ませぬか」

「確たる証があるならともかく、今のままでは無理だ」

文左衛門は首を横に振る。

「しかし、辻強盗を捕まえるためにも、奉公人から……」

「無理だ」

「もう少し証が集まれば、出来ますか」

「確たる証があればな」

文左衛門は躊躇《ためら》いを見せている。

やはり、大名に対しては腰が引けている。お奉行は老中《ろうじゅう》からかなり責められているようだ。現状を打破する意味でも、思い切った探索が必要ではないかと思ったが、聞き入れられそうにもなかった。

無念の思いで、扇太郎は下がった。

奉行所を飛び出ると、扇太郎は浜町の原田備後守の下屋敷に急いだ。

裏手に行くと、原田家の屋敷の裏門が見通せる樹の陰に伝八と手下がいた。

「どうだ？」

「まだ、出てきません」

「中間部屋でくすぶっているのか」

陽は高く昇っていた。浪人だとしたら、常に下屋敷にいるとは思えない。辻強盗を働いたときの隠れ家として原田家の下屋敷を使っているのではないか。としたら、いずれ引き上げていくはずだ。

「伝八、昨夜、神楽坂にも辻強盗が現れたらしい」

「なんですって」

「こっちと同じ頃だ。下手人は別だ」

「真似てですか」

「そうだろう。これからも、もっとばかな奴が出てくるかもしれない。それを食い止めるには、早く辻強盗を捕まえなければならない」

「へい」

陽は中天からやや傾きだしてきた。まだ、長身の侍は出てこない。

「暗くなるまで待つつもりでしょうか。それとも、我らが見張っていることを知っているんじゃないでしょうか」

「うむ。昨夜の町田どのの尾行に気づいていたとしたら、それも考えられるが」

「あっ、誰か出てきます」

伝八が叫ぶ。

扇太郎は門に目を向けた。

長身の侍だ。門を出たところで編笠《あみがさ》をかぶった。侍は大川端のほうに足を向けた。

扇太郎たちはあとをつけた。

侍は新大橋を渡った。途中で振り向かれることを考え、伝八の手下にあとをつけさせ、扇太郎と伝八は手下のあとを追った。

侍は振り返ることもなく、すたすたと橋を渡って小名木川《おなぎがわ》のほうに折れ、小名木川を越えてから川に沿った道を海辺《うみべ》大工町《だいくちょう》のほうに向かった。

手下の先に、長身の侍の姿が見える。高橋《たかばし》の袂《たもと》で、右に折れた。しばらくして、手下も曲がる。

扇太郎と伝八も急ぎ足で曲がる。しばらく行ったところで、手下が足を止めていた。

「どうした？」

伝八がきいた。

「霊巌寺《れいがんじ》に入って行きました」

「霊巌寺……」

扇太郎は眉根《まゆね》を寄せた。

「尾行に気づかれた様子は？」

「わかりませんが、山門に向かうとき、ちらっとこっちを見ました」

「おまえたち、山門から入れ。俺は霊巌寺の裏にまわる」

扇太郎は霊巌寺の脇を通り、裏手に出た。雑木林になっている。そこに侍の姿はない。

辺りに目を這《は》わせてから、扇太郎は裏門から霊巌寺に入った。すぐ右手は墓地へ続く。扇太郎は墓地を眺める。

ひとの姿があったが、長身の侍ではなかった。

伝八と手下がやってきた。

「旦那《だんな》。境内のどこにもいません。本堂にも」

「逃げられた」

もはや、原田備後守の下屋敷には戻って来ないだろう。

墓地のほうから冷たい風が吹いてきた。扇太郎は思わず天を仰いだ。

第三章　襲撃者

一

朝の四つ（午前十時）ごろ、新吉は下柳原同朋町のお国の家から同じ町内にある菊乃の家に向かった。

お国も菊乃も芸者屋に住み込みではなく通っているのだ。

格子造りの家だ。格子戸を開け、新吉は声をかけた。

「ごめんくださいまし」

土間に続く部屋で、婆さんが畳の雑巾《ぞうきん》がけをしていた。聞こえないらしく、雑巾がけを続けている。

「もし、ごめんなさいな」

新吉は少し大きめな声を出した。

やっと気づいて、婆さんが顔を向けた。

「すみません。向島の箱屋の新吉と申します。菊乃姐《ねえ》さんにお会いしたいのですが」

「ちょっとお待ちを」

婆さんが呼びに行こうとしたが、すぐ隣の部屋から女が現れた。

「箱屋の新さんておまえさんかえ」

女が目を見開いて言う。

「へえ。菊乃姐さんですかえ」

「そうよ」

菊乃が上がり框《がまち》の近くに片膝《かたひざ》を立てて座った。

「おまえさんの噂は聞いているよ。ほんに噂通りの男振りだね」

「恐れ入ります。じつは姐さんにお伺いしたいことがありまして」

「そう、なにかしら」

菊乃は立ち上がって、

「お上がりなさいな」

と、促した。

「いえ、すぐお暇《いとま》しますので」

「ついでといっちゃなんだけど、私のほうにもおまえさんに話があるんだよ」

「あっしにですか」

意外なことに新吉は戸惑った。

「さあ、上がって」

「へえ」

「まさか、自分のききたいことだけで、私のほうは無視するんじゃないでしょうね」

「とんでもない」

「じゃあ、上がって」

「では、失礼させていただきます」

新吉は部屋に上がった。

隣の居間には長火鉢があり、鉄瓶から湯気が出ていた。

「新さん、お酒？」

「いえ、お構いなく」

「そうはいかないわ」

「じゃあ、お茶を」

「そう」

早く話を聞きたかったが、新吉は菊乃が茶をいれてくれるのを待った。

「はい、どうぞ」

「すみません。いただきます」

新吉は湯呑《ゆの》みを持った。いい香りがする。

「茶問屋の旦那からいただいたの」

菊乃もうまそうに茶を飲んだ。

「姐さん、よろしいですかえ」

新吉は湯呑みを置いて菊乃の顔を見た。

「なにかしら」

菊乃も見返す。

「姐さんは『天野屋』の旦那が酉《とり》の市に行くことを幇間《ほうかん》の敏八さんからお聞きになったそうですね」

「酉の市？　ええ、聞いたけど。それが？」

菊乃は不思議そうにきく。

「向島から行くということもご存じでしたか」

「ええ。敏八さんが『天野屋』の旦那のお供で御酉様に行くというので、私もついていこうかしらと言ったら、向島から行くので無理ですよと断られたわ」

菊乃が苦笑した。

「そのことをどなたかにお話しになりましたか」

「『天野屋』の旦那が向島から御酉様に行くということをどなたかに？」

「…………」

菊乃の顔から笑みが消えた。

「姐さん、教えてください」

「新さん、わけを教えてちょうだい」

「わけですか」

「ええ、わけもわからないまま口に出来ないわ。よけいなことをして、誰かさんに迷惑がかかったらいけないでしょう」

「わかりました。お話しします」

新吉は居住まいを正し、

「鷲神社境内で掏摸《すり》が旦那《だんな》の懐を狙っていたのです。すんでのところであっしが気づいて、掏摸はそのまま立ち去りました。でも、邪魔されたことを恨んでか、仲間を誘い、あっしに襲いかかったんです。そのときは追い払いましたが、数日後、今度は浪人を差し向けてきました」

「まあ」

「掏摸を邪魔しただけで、なぜ、そこまで執拗《しつよう》なのか、気になりまして。掏摸は最初から『天野屋』の旦那の懐を狙っていたようなんです。どうして、『天野屋』の旦那が酉の市に行くのを知っていたのか」

「…………」

菊乃は何か言おうとしたが、口を半開きにしたまま声にならなかった。

「おそらく、掏摸は山谷の竹屋の渡し場で向島からくる舟を待っていたのではないかと」

「私が話したひとが掏摸の仲間だというの？」

菊乃は険しい表情できいた。

「いえ。また、そのお方が別のひとに話したかもしれません」

「新さん、私は誰にも話しちゃいないわ。ほんとうよ」

「そうですか。すみません。よけいなことを言いまして」

「そうじゃないの。私は誰にも話しちゃいないけど、そばで聞いていたひとがいたわ」

「誰ですか」

「『松本屋』の旦那」

「『松本屋』って神田佐久間町にある骨董屋《こっとうや》の？」

「あら、新さん。『松本屋』の旦那をご存じなの？」

「へえ、少しだけ」

「ひょっとして向島に？」

「へえ、まあ。で、『松本屋』の旦那が聞いていたっていうんですね」

「一の酉の前の夜に、日本橋本石町《ほんごくちょう》にある『越前屋《えちぜんや》』の旦那と『松本屋』の旦那がいっしょに来たの。私と夢吉さんが呼ばれて……」

「そこで、敏八さんとその話を？」

「ええ、ちょうど『越前屋』の旦那と『松本屋』の旦那はふたりとも夢吉さんとの話に夢中になっていたの。やっぱり、旦那たちは若い夢吉さんのほうがいいのね。だから、私と敏八さんは旦那たちの邪魔をしないように黙っていたんだけど、急に酉の市の話になって。その途中で、『松本屋』の旦那がこっちに目をやったの。たぶん、私たちの話が耳に入ったんじゃないかしら」

「『松本屋』の旦那はよく柳橋に？」

新吉はきいた。

「いえ、あの日がはじめて。『越前屋』の旦那に連れてこられたみたい」

「姐《ねえ》さんは『越前屋』の旦那とは？」

「長いわね。一時は『天野屋』の旦那と美代次さんを張り合っていた時期もあったけど」

「そうなんですか」

「ええ、美代次さんは男嫌いで通っているから、どちらにもなびかなかったけど」

「姐さん、お願いがあるのですが」

「なにさ」

「『越前屋』の旦那にお会いしたいんです。姐さんの名前を使わせていただいてよろしいでしょうか」

「それは構わないけど」

「ありがとうございます」

礼を言ってから、

「姐さんのお話とは？」

と、新吉は改まってきいた。

「美代次さんのことだけど、またにするわ」

「美代次姐さんに何か」

「近いうちに来てくれない。そのとき話すわ。だって、新さん、これから『越前屋』さんに行くんでしょう」

「ええ」

「何も用がないときに聞いてもらいたいの。いいでしょう」

「わかりました」

新吉は頭を下げた。

菊乃の家を出て、新吉は日本橋本石町にある『越前屋』に向かった。

人通りが多く、『越前屋』の間口の広い店先は客の出入りが激しかった。新吉は路地を入ったところにある家人用の戸口にまわった。

「ごめんくださいまし」

新吉は格子戸を開けて声をかける。

女中らしい女が出てきた。

「柳橋から参りました新吉と申します。菊乃さんの紹介で、旦那さまにお会いしたくてやってきました」

「お約束ですか」

「いえ、神田佐久間町の『松本屋』さんのことでお訊《たず》ねしたいことがあるのです」

女中は頰を紅潮させて新吉の顔を見つめていたが、

「聞いて参ります」

と、立ち上がった。

奥に行ったまま、なかなか女中は戻ってこない。

新吉はじっと待っていた。

ようやく、女中が戻ってきた。

「どうぞ、お上がりください」

「いえ。上がるほどのことではありませんので」

「でも、旦那さまが」

「そうですか。では、失礼して」

新吉は部屋に上がり、女中の案内で、内庭に面した部屋に案内された。

部屋に入って待つほどのこともなく、四十前後の落ち着いた感じの男が現れた。

「向島の箱屋の新吉と申します」

新吉は名乗った。

「向島の？　そうか、おまえさんが箱屋の新吉さんか」

越前屋はまじまじと新吉の顔を見つめた。

「なるほど。噂に違《たが》わぬ男振りだ」

「旦那《だんな》はあっしのことを？」

新吉は訝《いぶか》った。

「美代次から聞いた」

「美代次姐さんですか」

「うむ。男嫌いの美代次が惚《ほ》れるだけのことはある。少し妬《ねた》ましいが」

越前屋は冗談まじりに言う。

「………」

新吉は返事に窮した。

「で、『松本屋』さんのことを聞きたいということだが」

越前屋のほうから話を持ちだした。

「はい。旦那は『松本屋』の彦右衛門さんと親しい間柄なので？」

「いや、それほどの付き合いはない」

「でも。柳橋の料理屋で芸者を揚げて……」

『松本屋』の店先で、かねて欲しいと思っていた備前焼《びぜんやき》の茶器を見つけたのだ。それを思わぬほどの安い値で手に入れることが出来た。その礼の意味合いで柳橋に彦右衛門さんを招いたのだ」

『松本屋』さんから買い求めたのは今回がはじめてですか」

「店をはじめてまだ半年足らずだからな」

「半年足らず？　それまで彦右衛門さんは何を？」

「聞いてない」

『松本屋』という骨董屋《こっとうや》は半年前までなかったのですか」

「いや、半年前に彦右衛門が買い取ったそうだ」

「それまでの主人は？」

「半年前に亡くなったそうだ」

「その後、お付き合いは？」

「ない。そのうちに、掘り出し物があるか店を訪れてみようと思っているが」

越前屋は言ってから、

「彦右衛門さんがどうかしたのか」

と、厳しい顔になってきいた。

「へえ、一度、暴漢に襲われそうになったんです。彦右衛門さんに恨みを持っている者がいるようで」

新吉は話をそのほうに持っていった。

「そうか」

越前屋は眉根《まゆね》を寄せ、

「骨董品を求めて、競争相手の骨董商と対立することもあるのだろう」

「そうでしょうね」

新吉は話を合わせた。

「ところで、旦那は札差『天野屋』の徳兵衛さんをご存じでいらっしゃいますか」

「名前だけは」

越前屋は微《かす》かに眉根を寄せた。

美代次を巡って確執があったことは間違いないようだ。

「それがどうかしたのか」

「『天野屋』の旦那が鷲神社境内で掏摸《すり》の被害に遭いそうになったんです。掏摸は最初から『天野屋』の旦那を狙っていたようでした」

「被害には遭わなかったんだな」

「はい。私が気がついて牽制《けんせい》すると、掏摸は逃げて行きました。ですが、その腹いせか、掏摸は私を暴漢に襲わせたのです」

「…………」

「『天野屋』の旦那の懐には掏摸にとってそんなに大事なものがあったのかどうか。『天野屋』の旦那は金しか持っていないと仰《おっしゃ》っていました」

「なぜ、そんな話をわしに？」

「掏摸は『天野屋』の旦那が酉《とり》の市に行くことを知っていたようなんです」

「まさか、わしが掏摸に知らせたとでも思っているのか」

「いえ、とんでもない」

「では、なぜ、わしにそんな話をするのだ？」

「旦那の御座敷で、菊乃姐《ねえ》さんと幇間《ほうかん》の敏八さんが『天野屋』の旦那が酉の市に行く話をしたそうです。その話を、たまたま『松本屋』の旦那が聞いていた。『松本屋』の旦那が、そのことを誰かに話し、そして掏摸の耳に入った……。そんなことを思ったもので」

「彦右衛門さんがそのようなことをひとに話すなんてありえぬ。なんなら、彦右衛門さんに直接きいてみることだ」

越前屋は助言するように言った。

「いえ、そこまでする必要はありません」

彦右衛門が正直に話すはずはないので、新吉はそう答えた。

「お邪魔しました」

新吉は礼を言って立ち上がった。

『越前屋』の外に出てから、新吉は振り返った。越前屋がこのことを彦右衛門に知らせるだろうことを期待し、向島に急いだ。

二

その夜、扇太郎と伝八は浜町の原田備後守の下屋敷を見張っていた。もう長身の侍はここには戻ってこないだろうことは想像出来たが、確かめておかねばならなかった。

「出てきました」

伝八が言う。

中間《ちゅうげん》がふたり裏口から出てきた。浜町堀沿いを行く。夜泣きそば屋の提灯《ちょうちん》の明かりが見えた。

中間はそば屋の屋台に向かった。扇太郎と伝八はふたりの横に立った。

「すまねえ、ちょっと教えて欲しいんだが」

伝八が声をかけた。

ふたりはぎょっとしたようだったが、別段逃げるような素振りはなかった。

「なんですね」

ひとりがきいた。

「おまえさん方、原田備後守さまのお屋敷の者だな」

「へえ、そうですが」

「長身の浪人が出入りをしていたと思うが？」

伝八がきく。扇太郎はふたりの様子を窺《うかが》う。

ふたりは顔を見合わせてから、

「おりました」

と、答えた。

「名はなんというのだ？」

「真《ま》中源蔵《なかげんぞう》です」

「なぜ、真中源蔵が出入りをしていたのだ？」

「わかりません」

「わからない？」

「へえ、いつの間にか中間部屋にいたんです」

「いつの間にかだと？」

「ええ、世話になる礼だと言って、銭をくれたので、そのまま」

「へい、お待ちどお」

屋台の亭主が湯気の出た丼《どんぶり》をふたりの前に出した。

「屋敷の者が引き入れたのか。それとも勝手に潜り込んできたのか」

伝八は構わずきく。

「俺が思うに」

もうひとりの中間が口を開いた。

「中間の音松《おとまつ》が金をもらって中間部屋に引き入れたんだと思うが」

「音松は今も屋敷にいるのか」

扇太郎は気になってきいた。

「そういえば、今朝は見かけなかったな」

「見かけない？」

「へえ」

屋敷を出て行ったのか。

「真中源蔵は？」

「昨夜《ゆうべ》は屋敷にいなかった」

「真中源蔵の荷物は？」

「何も持ってませんでしたぜ」

「そうか」

最初から辻強盗《つじごうとう》を働いたときの隠れ家としていただけで、長居をするつもりはなかったのだ。

「音松というのはいくつぐらいの男だ？」

「へえ、二十七、八です」

扇太郎がきいた。

「いつからいるんだ？」

「半年ぐらい前でしょうか」

「真中源蔵はいつからいたのだ？」

「半月前です」

「そうか」

「旦那《だんな》、そばが伸びちまうんで」

中間が訴えるように言う。

「わかった。すまなかった」

扇太郎と伝八はふたりと別れた。

それから、長谷川町の町田十兵衛の住む長屋に行った。

腰高障子を開けると、五つ半（午後九時）になろうとしているのに、十兵衛は傘張りの内職をしていた。

「これは梶井どのに伝八親分」

十兵衛は傘をどけて上がり框《がまち》までやって来た。

「夜分にすみません」

扇太郎は詫《わ》びてから、

「辻強盗の疑いが強い長身の侍に逃げられました」

霊巌寺でのことを話し、

「原田家の下屋敷の中間に聞いたところ、あの侍は真中源蔵というそうです。半年前から下屋敷に奉公していた中間の音松が真中源蔵を屋敷に引き入れていたということです」

「俺にそのような話をされても困るが」

十兵衛は困惑したように言う。

「最初からの経緯《いきさつ》がありますから、一応お知らせしておこうと思いまして」

「そうか」

「こんな遅くまで内職をなさっているのですか」

「他にやることもないのでな」

「用心棒の仕事はあまりないんですか」

「ないな。遠出をする娘の警護だったり、集金の番頭の護衛だったり、一回こっきりの仕事がほとんどだ。まあ、それでもあればましだ」

十兵衛は自嘲《じちょう》した。

「町田さまはなぜ、浪人に？」

「つまらぬことで……。やめよう、話すのも億劫《おっくう》だ」

「失礼しました」

扇太郎は挨拶《あいさつ》をして土間を出た。

「辻強盗とは関わりないが、どうも町田十兵衛のことが気になる。刀を売った金をどうしたのか、気になるな」

扇太郎は言ってから、

「辻強盗や押込みの探索に忙しい身でなければ、町田どのに何があるのか調べてみたいところだ」

「そうですね。押込みといえば、そろそろどこかに押込む頃ですぜ。最近は半月に一度は押し入っていますからね」

「うむ。火盗改が見回りをしているが、敵はそのことを十分に承知の上だ。裏をかいて押込むに違いない」

火盗改も奉行所もまったく手掛かりを残さない押込み一味の探索にはお手上げ状態だった。見回りのときに押込みと遭遇するという運に恵まれない限り、一味を捕らえることは出来ないのではないか。

「おさわという軽業の女のことを火盗改に告げたらいかがですかえ」

伝八が言う。

　軽業師のおさわは三年前に、鎌太郎という二十七、八の苦み走った男と一座から逃げだしたということだ。

「だが、おさわが押込み一味にいるという証《あかし》はない。もし、違っていたら、火盗改から何を言われるかわからぬからな」

　わざと間違ったことを伝え、火盗改の探索の妨害をしたと文句を言ってきそうだ。それより奉行所からの手掛かりなど一顧だにしないだろう。

「奉行所のほうでおさわを捜せないんですかえ」

「うむ。明日、もう一度原田家の下屋敷の調べを頼んでみる。ついでに、そのことも進言してみよう」

　扇太郎は年番方与力木戸文左衛門の厳しい顔を思いだしながら言った。

　翌朝、木戸文左衛門が出仕するのを待って、扇太郎は面会を申し入れた。

　文左衛門はすぐに会ってくれた。

「何かわかったのか」

「はい。日本橋周辺で起きた三件の辻強盗は真中源蔵という浪人ではないかと」

　そう決め付けるに至る経緯を話して、扇太郎はさらに続けた。

「真中源蔵を下屋敷に引き入れたのは音松という中間《ちゅうげん》だそうです。金で引き受けたのでしょうが、音松は何かを知っているに違いありません。すでに、音松は下屋敷を出ていったかもしれません。どうしても、音松から話を聞かねばなりません。どうか、下屋敷のどなたかに音松の請人などを……」

「難しいな」

　文左衛門は顔をしかめた。

「でも、真中源蔵という浪人が下屋敷に半月前から入り込んでいたのは事実です。そして、真中源蔵は辻強盗《つじごうとう》の疑いが……」

「だからだ」

　文左衛門が口をはさんだ。

「辻強盗かもしれぬ浪人が下屋敷を隠れ家にしていたなどとは原田家のほうは認めたくはあるまい」

「でも、事実として真中源蔵は下屋敷に……」

「真中源蔵が辻強盗だという証があるのか」

「長身であり、馬喰町で辻強盗があったとき、真中源蔵は下屋敷を出かけていたのです」

「それだけで、辻強盗だと言い切れるか。原田家の者が納得をすると思うか」

「………」

「支配違いはいかんともし難い」

「原田家のご家中を調べるわけではないのです。ただ、中間の音松を見つける手掛かりが欲しいだけなんです」

「他の方法で探るしかない」

「口入れ屋を当たるしかありませんね」

「うむ。残念だが、これが奉行所の限界だ」

「わかりました。独自にしらべます」

扇太郎は憤然と言ってから、

「もうひとつお願いがあるのですが」

と、口にする。

「何か」

「押込みの件です。一味の中に身の軽い者がおり、塀を乗り越えて裏戸の鍵《かぎ》を外しているのではないかと思えます。で、その身の軽い者ですが、一味におこまという女がいることがわかっています。おこまは軽業師上がりではないかと思い、今両国広小路で小屋掛けをしている軽業一座で話を聞いたところ、三年前に、おさわという軽業師が鎌太郎という男といっしょに……」

途中で、扇太郎は言葉を止めた。文左衛門が哀れむような顔をしたからだ。

「扇太郎」

文左衛門が口調を変えた。

「はっ」

「そのことはとうに火盗改も調べていた」

「えっ」

扇太郎は驚いて息が詰まりそうになった。

「火盗改もおこまという女がいることを知って軽業師を思いついたそうだ。それで、おさわを見つけ出したのだ」

「ほんとうですか」

「おさわと鎌太郎は小石川のほうで小さな呑《の》み屋をやっていた。押込みとは一切関係なかった」

「…………」

「そなたが思いつくようなことは、火盗改も当然気がつくと考えるべきだったな」

文左衛門は冷笑を浮かべ、

「そなたがおさわと鎌太郎を捜していたとしたら、とんだ無駄骨を折ったことになる」

「なぜ、火盗改はそのことを奉行所に？」

押込みと無関係だとわかったら、そのまま捨てておけばいいはずだ。なぜ、わざわざ押込みと関係なかったと伝えてきたのか。

「おさわの店は二階で客をとっていたのだ。火盗改はそのことがわかったので奉行所に知らせてきたのだ」

「…………」

「押込みの探索では、やはり火盗改のほうが先に行っているようだな」

文左衛門は口元を歪《ゆが》めた。

「扇太郎、押込みの探索は諦《あきら》め、辻強盗に専念しろ。もはや、これ以上、犠牲者を出してはならぬ」

「わかっております」

扇太郎は屈辱的な思いで文左衛門の前から下がった。

奉行所の門を出たところで、伝八が待っていた。

「思わしくなかったようですね」

伝八は扇太郎の顔色を窺《うかが》うようにきいた。

扇太郎は頷《うなず》き、数寄屋橋御門《すきやばしごもん》を抜けてから、

「下屋敷の聞込みは出来ない。原田家が受け入れてくれないということだ」

と、吐き捨てるように言う。

「中間に聞込みをかけるだけですぜ。頼んでみれば、案外に許してくれるんじゃないですかえ」

伝八は憤慨して言う。

「いや、辻強盗かもしれぬ浪人が出入りをしていたこと自体、原田家にとって不名誉なことだから、そのことを前提とした依頼を受け入れるはずはないということだ」

「そんな」

「中間の音松のことも問い合わせることは出来ないということだ。奉行所は大名や旗本に対しては最初から腰が引けているんだ」

「じゃあ、どうするんですかえ」

「口入れ屋を片っ端から当たり、音松を原田家下屋敷に世話したところを捜すのだ。

請人がわかれば、その者から音松の行方がわかる」

「わかりました」

「それから、おさわと鎌太郎のことだが」

扇太郎は溜《た》め息をつき、

「とうに火盗改が捜し出していたんだ」

と、続けた。

「火盗改はおさわと鎌太郎のことに気づいていたと言うんですかえ」

伝八も意外そうにきいた。

「そうだ。まあ、当然か。こっちが思いつくようなことを、火盗改が気づいたとしても不思議ではない」

「で、おさわはどうだったんです？」

「押込みと関係ないとわかったそうだ」

扇太郎は文左衛門から聞いたことを話した。

「そうでしたか」

伝八も落胆した。

「やはり、押込みは火盗改に任せ、こっちは辻強盗《つじごうとう》のほうに専念しよう。ともかく、真中源蔵を見つけ出すためにもまず音松だ」

「へえ、口入れ屋を当たってみます」

「その前に、この前の中間《ちゅうげん》からもう少し話を聞くんだ」

「へい」

伊勢町堀から照降町を通って親父橋に差しかかったとき、伝八があっと声を上げた。

「町田十兵衛ですぜ」

扇太郎は前方を見た。

十兵衛は親父橋の手前を左に折れ、小網町のほうに向かった。

「伝八は昨日の中間に会ってきてくれ。俺は町田どののあとをつける」

「わかりました」

伝八と別れ、扇太郎は十兵衛のあとをつけた。

気づかれないように、だいぶ離れてついて行く。十兵衛はすたすたと小網町に入り、鎧河岸《よろいがし》を過ぎ、やがて霊岸島《れいがんじま》への橋を渡った。

扇太郎は駆けた。橋を渡ったが、十兵衛の姿は見えない。気づかれたかと焦ったが、大川に向かう通りに十兵衛の姿があった。

扇太郎はあとを追った。

十兵衛は大川端町《おおかわばたちょう》に入った。そして、背後を振り返ることなく、長屋木戸を入って行った。

遅れて木戸までやって来た。木戸口に立って長屋路地を見る。すでに、十兵衛の姿はない。

どこかの家に入ったのだ。ここまでわかればいい。扇太郎はそのまま引き返し、浜町堀に急いだ。

三

その夜、新吉はお葉を『桜家』に送って行った。今夜の客は『天野屋』の徳兵衛だという。一の酉《とり》以来だ。

『桜家』の勝手口に入ると、出てきた女将《おかみ》がお葉に伝えた。

「柳橋の芸者さんふたりと幇間《ほうかん》の敏八さんがいっしょよ」

「女将さん、芸者はどなたで？」

新吉はきいた。

「美代次さんじゃないわ。ふたりともはじめての妓《こ》よ」

「夢吉さんでもないのですね」

「ええ、違うわ」

女将は否定した。

お葉が座敷に向かってから新吉は『桜家』をあとにした。

『桔梗家』に行くと、お琴が出て来て、

「新さん、ちょっと前に柳橋から来たという男のひとがやって来たわ。三囲稲荷社で待っていると伝えてくれと」

「どんな男です？」

「中肉中背で、四角い顔で顎《あご》に黒子《ほくろ》が」

「そうですかえ」

首を傾げた。柳橋の使いだとすると、菊次《きくじ》か。何か話があるようだった。

「ちょっと三囲稲荷社まで行ってみます」

新吉は『桔梗家』の土間を出た。辺りは暗くなりかけていた。新吉は土手に向かう道を急いだ。

三囲稲荷社の鳥居をくぐった。人影はない。辺りを見回したが、誰もいない。ふと、社殿の裏手のほうにひとの気配がした。

新吉はそっちに向かった。新吉を誘い込むように、ひとの気配が遠ざかって行く。罠《わな》かもしれないと思ったが、新吉はあえて足を踏み込んだ。

三囲稲荷社の裏門を出る。雑木林だ。月明かりも届かず、真っ暗だ。

黒い影が待っていた。

「誰だ？」

新吉は声をかける。

黒い影がゆっくり近づいてきた。頭巾《ずきん》をかぶった長身の侍だ。

「箱屋の新吉か」

長身の侍が確かめる。

「そうだ。おまえさんは誰だ？」

「おまえを斬るように頼まれた。観念せよ」

「誰だ、頼んだのは？」

「死んで行く身に知る必要はない」

侍は剣を抜いた。

新吉は身構えた。相手は切っ先を下に向けたまま近づいてきた。新吉は足元を見た。手頃な枝はおちていない。

いきなり、相手が斬りつけてきた。新吉は後ろに飛び退いた。さらに、相手は斬り込んできた。新吉は横に跳んで剣を避《よ》ける。相手は休むことなく、斬りかかった。右に左に、新吉は身を翻す。だが、相手の攻撃は凄《すさ》まじい。袖《そで》に裂け目が出来た。なおも、相手は迫ってくる。胸倉に飛び込もうにもその隙はなかった。

相手の攻撃をかわすのに精一杯だった。素手で相手をするのは無理だ。

新吉は桜の樹に追い詰められた。

「もはや、逃げられぬ」

侍は吐き捨て、上段から剣を振りおろしてきた。

新吉は樹の枝に飛び移り、体をひねって振り下ろされた剣を避け、反動を利用して相手の顔面に足蹴《あしげ》を加えた。

うっと、侍は後ろによろけた。すかさず枝から飛び下り、相手の胸元に飛び込んだ。足を掛け、突き飛ばす。

長身の侍は仰向《あおむ》けに倒れた。新吉は侍の鳩尾《みぞおち》を拳《こぶし》で殴った。呻《うめ》いて、侍は体を丸めた。新吉は相手の剣を奪った。

のたうちまわっている侍を見下ろし、剣を突き付ける。

「頭巾をとれ」

「………」

「とらぬなら、こうだ」

新吉は剣を十文字に振った。頭巾が裂け、顔が露《あらわ》になった。目尻《めじり》をつり上げ、こっちを睨《にら》みつけている。

「誰に頼まれた？」

新吉は切っ先を相手の喉元《のどもと》に突き付ける。

「掏摸《すり》の一味か」

「………」

「言わぬなら解き放つわけにはいかない。奉行所に突き出すまでだ」

「おのれ」

侍は呻いた。

「立て」

「斬れ」

侍は叫ぶ。

「斬れだと？　死にたいのか。奉行所に突き出されるよりは死を選ぶというのは、単に金で雇われた者ではないな」

「…………」

「奉行所に突き出すしかない。さあ、立て」

「連れていけるものなら連れて行ってみろ」

侍は居直った。

「困ったな。あんたが歩いてくれなければ奉行所に突き出せぬ。応援を呼びに行くにして、あんたをここにひとり残していけば逃げるだろう。縄があれば、樹に縛っていけるが……。もっとも、仲間が助けてしまう」

「…………」

新吉は厳しい顔で剣を自分の鼻に近づけた。

「この刀、かなりのひとの血を吸っているな。そなたはかなりの剣の腕だ。殺し屋か。このまま解き放ったら、どこかで新たな犠牲者が出るかもしれない」

新吉は切っ先を侍の利き腕に当て、

「このままついてこないなら、二度と剣を使えぬようにして解き放つ。どっちがいいか、決めよ」

と、迫った。

「…………」

「さあ、どうだ？」

「返事がなければ二の腕の腱《けん》を斬る」

新吉は剣を振りかざした。

「待て」

侍が叫ぶ。

「ついてくるか」

「わかった」

侍はおもむろに立ち上がった。

そのとき、背後に凄まじい殺気を感じた。暗がりの中から、勢いよく何者かが突進してきた。新吉は振り向きざまに相手の剣を撥《は》ね上げた。覆面をし、袴《はかま》を穿《は》いた侍だ。

相手は強引に続けざまに斬り込んできた。新吉は後退《あとずさ》りながら撥ねつけ、相手の一瞬の隙をついて攻勢に出た。

新吉は斬り結びながら前に出る。今度は相手が後退した。途中で、新吉はわざと攻撃の手を休め、刀を下げた。その刹那《せつな》、相手は裂帛《れっぱく》の気合いで斬りかかった。新吉は踏み込んだ。剣がかち合い、そのまま脇をすり抜けた。すぐ立ち止まって振り返る。相手も振り向いた。そのまま突っ立っている。右の袖は裂け、やがて血が垂れてきた。

いきなり、賊は向きを変えて走り出した。すでに、長身の侍も姿を消していた。

新吉は刀を地べたに突き刺し、急いで自分の家に帰った。

着替えてから、新吉は『桔梗家』に行った。

「新さん、遅かったのね」

戸を開けると、お琴が心配そうに出てきた。

「ちょっと、ややこしい話だったんで」

新吉は微笑んで言い上がり框《がまち》を上がった。

「待って、新さん」

お琴が近付き真顔で、

「顔に何か」

と、新吉の胸に手を当てて覗《のぞ》き込む。そして、新吉の頬を人差し指でこすった。

甘く、とろけるような香りが鼻をくすぐった。

「土よ」

新吉に寄り添ったままお琴が指先を見て言う。

「すまない」

新吉は礼を言い、お琴から離れようとした。

「待って、まだよ」

お琴はもう一度、新吉の顔に指を当ててこすった。

「とれたわ」

新吉は懐から手拭《てぬぐ》いを取り出し、お琴の手をとって指先を拭《ふ》いた。

「新さん、ありがとう」

「いや、こちらこそ」

お琴の色っぽい目つきに新吉は戸惑いながら居間に入った。

「新さん、どうしたんだね」

お波がきいた。

「顔に土がかかったみたいで」

新吉が答える。

「そうじゃないよ。着物が違うじゃないか」

「ええ、じつはお恥ずかしい話ですが、躓《つまず》いて転んでしまいまして」

「新さんが転んだ？」

お波が信じられないようにきく。

「へえ、暗くて木の根っこに気づかずに。で、家に帰って着替えてきたんです」

新吉は言い訳をした。

「そう」

お波は腑《ふ》に落ちないような顔をした。

それからしばらくして、新吉は『桔梗家』を出て、『桜家』に向かった。

新吉は『桜家』の門の脇に控えた。夜になって、さらに冷え込んできた。

やっと門から徳兵衛の一行が出てきた。敏八に柳橋の芸者がふたり。徳兵衛の横にはお葉がいる。

一行は土手に向かった。新吉は少し離れてついていく。敏八が軽口を叩《たた》いているのだろう、柳橋のふたりから笑い声が漏れた。

土手に上がったとき、徳兵衛が足を止めて振り返った。

「新吉」

徳兵衛が声をかけた。

「へえ」

新吉は駆け寄った。

「その後、何かわかったか」

「いえ。ただ、やはり、旦那《だんな》の懐を狙ったものではないようです」

「狙いはおまえさんか」

鷲神社境内での掏摸《すり》は徳兵衛の懐を狙うと見せかけて、わざと新吉に気づかせたのだ。

その後の襲撃のために、掏摸を妨害されたことでの意趣返しという口実を作ったのだ。狙いは自分だと、新吉は思わざるを得なかった。

しかし、自分を誰が狙うというのか。敵は狙う理由を隠している。私恨にしては敵の攻撃は大掛かりだ。

「私には心当たりが……」

新吉は首を横に振る。

考えられるのは勘定奉行笠木嘉門殺しを画策した茂太だ。新吉は茂太の顔を知っている。茂太にとってはそのことが目障りなのだろうか。

「旦那は神田佐久間町にある『松本屋』の彦右衛門さんをご存じですか」

「見かけたことはあるが、話したことはない。松本屋がどうかしたのか」

「いえ」

「そうか。くれぐれも注意をな」

「ありがとうございます」

徳兵衛は船着場に向かった。

「では、またな」

「旦那、お気をつけて」

お葉が声をかける。

徳兵衛は船に乗り込み、敏八が芸者の手をとって船に導いた。

船が離れて行く。

「新さん、襲われたんですって」

「旦那が？」

「ええ、鷲神社境内の掏摸の狙いは新吉のようだと」

「姐《ねえ》さん。心配いりませんよ」

「でも」

お葉は不安そうに言う。

「さあ、行きましょう」

船の提灯《ちょうちん》の明かりが遠ざかっていった。

ふたりは土手に上がった。

「新さん、心配だわ」

「何がですか」

「新さん、梶井さまに頼まれて、押込みの一味のことを調べているんでしょう」

「いえ、姐さん。調べるのはやめました」

「ほんとうに？」

「ええ。押込みの一味があっしを襲うなんて考えられません。あっしは押込み一味のことは何一つ知らないのですからね」

「そう」

笠木嘉門殺しの件だと口に出かかったが、新吉は思い止《とど》まった。よけいな心配をさせたくなかった。

いつものように三囲稲荷社にお参りをし、新吉はお葉を『桔梗家』に送り届けた。

家に帰った。ひんやりした部屋に上がり、行灯《あんどん》に灯を入れてから火鉢の火をおこす。

落ち着いてから、新吉はこれまでの流れを振り返ってみた。掏摸の件は、新吉を襲う口実だったことに間違いない。

これまでに都合四度襲われた。最初は西方寺で遊び人ふうの三人に、次は家の近くで黒い布で頬被りをした男に、そして秋葉神社で浪人に、さらに今日は長身の侍とその仲間に。

だんだん手《て》強《ごわ》い相手になっていた。

だが、その前にも妙なことがあった。『松本屋』の彦右衛門が襲われた。それを助ける形で新吉が襲撃者と対峙《たいじ》したのだ。

もっとも彦右衛門はこの後、用心棒を雇っているが……。

彦右衛門のことで気になるのが、菊乃の話だ。御座敷で、菊乃と敏八の話に彦右衛門が聞き耳を立てていたという。

『天野屋』の徳兵衛が酉《とり》の市に行くことを知っていたのは菊乃と敏八以外には彦右衛門だけだ。

彦右衛門が他の者に話したということは考えづらい。彦右衛門は半年前に『松本屋』という骨董屋《こっとうや》を買い取ったという。

彦右衛門のことを調べてみる必要がありそうだ。

新吉はすっくと立ち上がると家を出て、茂助の住まいに行った。

すぐ近くに水戸家下屋敷が見える。茂助の家の明かりが微《かす》かに戸の隙間から漏れていた。

「とっつぁん」

戸を開けて、呼びかける。

「おう、新さんか」

茂助はふとんにくるまっていた。

「すまねえ。寝ていたか」

「いや、寒いからくるまっているだけだ。さあ、上がってくれ」

茂助は起き出す。

「すぐお暇《いとま》する。とっつぁん、明日の早朝、舟を出してもらえるかな」

「お安い御用だ。どこまでだ？」

「八丁堀《はっちょうぼり》だ」

「わかった」

「じゃあ」

「せっかく来たのにすまねえな」

新吉は茂助の家をすぐに引き上げた。

翌朝未明、新吉は茂助の舟に乗って大川を下った。ようやく東の空が白み出してきた。

「冷えるな」

新吉は呟《つぶや》く。

新大橋をくぐった頃には朝陽を受けて川面《かわも》がきらめいていた。

亀島川《かめじまがわ》の船着場に着いた。

「四《し》半刻《はんとき》（三十分）ぐらいで戻る」

そう言い、新吉は陸《おか》に上がって八丁堀の同心の組屋敷に向かった。一度来たことがあり、迷わずに梶井扇太郎の屋敷に辿《たど》り着いた。

木戸門を入り、玄関前を掃除していた下男ふうの男に、

「向島の新吉と申します。梶井さまにお会いしたいのですが」

と、声をかけた。

その場に新吉を待たせ、下男は裏手に向かった。

しばらくして玄関に扇太郎が出てきた。

「新吉か。例の件か」

「いえ、押込みのことではありません」

じっと新吉の顔を見つめていたが、

「よし、上がれ」

と、扇太郎は何かを察したかのように言った。

「いえ、玄関からは」

「気にするな」

「では」

新吉は式台に上がり、草履をとって懐にしまい、扇太郎のあとについて客間に入った。

差し向かいになって、

「調べていただきたい男がいるのです」

と、新吉は口を開いた。

「言ってみろ」

「神田佐久間町にある骨董屋『松本屋』の主人彦右衛門です。二か月ほど前から向島に遊びに来ている男です」

『松本屋』の彦右衛門か。この男に何か不審があるのか」

「わかりません。ただ」

新吉は鷲神社境内の掏摸《すり》の件から四回も襲われたことを話し、彦右衛門は『天野屋』が向島から酉の市に行くことを知っていたと語った。

「彦右衛門が掏摸の仲間と結託しているというのか」

「しかとした証《あかし》があるわけではありませんが」

「なぜ、そなたを狙う？　何か心当たりはあるか」

「ありません。強いて言えば、勘定奉行笠木嘉門さまが殺された件です。暗躍した茂太と名乗った男がまたぞろ何かを画策しているのではないか。そのために、茂太の顔を知っているあっしが邪魔なのではと」

「そう思う根拠は？」

「あっしを襲う口実をちゃんと用意したということです。掏摸を邪魔されたという口実です。それがなく、いきなり襲ったのでは誰かが笠木嘉門さま殺しと結びつけるかもしれない。そういう用心をしたのではないか」

「それは、そなたがそう思うだけではないか」

「掏摸を見破られただけで、四度も襲ってくるのは尋常ではありません。だんだん、手強い相手を差し向けてきています。大がかりな一味としか思えません」

「笠木嘉門殺しはうやむやに終わってしまった」

「真の下手人は今新たな企《たくら》みをはじめているのです。『生駒屋』の旦那《だんな》は自分が騙《だま》されたことに気づいて、自ら命を絶ったのです」

「うむ」

「お願いです。『松本屋』の主人彦右衛門のことを探ってくださいませんか」

「こっちも今は辻強盗《つじごうとう》の探索で追われているのだ。忙しい身だが、調べてみよう」

「辻強盗の目星は？」

「ある程度、進展した。真中源蔵という長身の侍だ。浜町にある原田備後守さまの下屋敷の中間《ちゅうげん》部屋に潜み、頭巾《ずきん》をかぶって辻強盗を働いていた。だが、もう下屋敷にいない」

「頭巾をかぶった長身の侍ですか」

新吉は自分を襲った賊を思いだした。

「何か」

「いえ、偶然でしょうが、あっしを襲ったのも頭巾をかぶった長身の侍でした」

「…………」

扇太郎は厳しい顔で考え込んでいたが、

「長身の侍は何人もいる。ひとを襲うときは顔を隠すだろう。ともかく、『松本屋』の彦右衛門のことを探ってみる」

「お願いいたします」

新吉は腰を上げた。

亀島川の船着場まで走り、茂助の舟に乗り込んで向島に戻った。

四

その日の午後、扇太郎は神田佐久間町の自身番に顔を出した。

「どうだ、変わったことはないか」

「はい。何も」

月番の家主が答える。

扇太郎は腰の刀を外し、上がり框《がまち》に腰を下ろし、

「町内に、『松本屋』という骨董屋《こっとうや》があるな」

と、切り出した。

「はい」

「古いのか」

「はい。お店としては二十年近くやっています」

「お店としては？」

「ええ、半年前に前の主人が急死し、遠い親戚《しんせき》の男が店をそっくり引き継いだのです」

「今の主人はなんというのだ？」

「彦右衛門さんです」

「彦右衛門はいくつぐらいだ？」

「四十前後でしょうか」

「それまで、何をやっていたのか知らないか」

「知りません」

「先代からの奉公人はいるのか」

「いえ、五人いた奉公人はやめていったそうです」

「やめた？　自らやめたのか」

「そういうことになっていますが、やめざるを得ないように仕向けられたのではないかという噂があります」

「やめさせられたというわけだな」

扇太郎は眉根《まゆね》を寄せ、

「五人の奉公人が今、どこにいるか知らないか」

「確か、手代だった男が池之端仲町にある骨董屋で働き出したと聞いたことがあります」

「骨董屋の名は？」

「わかりません」

家主は首を横に振った。

「調べればすぐわかることだ」

扇太郎は言ってから、

「商売はどんな様子だ？」

と、きいた。

「今の主人になってから、安物は置かず高価な物ばかりなので、客の入りは少なくなったようです。でも、彦右衛門さんは柳橋や向島に遊びに行っているようですから……」

「高価な物が売れているのか」

「そうだと思いますが」

「彦右衛門はどんな男だ？」

　家主はふと真顔になって、

「彦右衛門さんに何か」

　と、きいた。

「いや、たいしたことではない。邪魔をした」

　扇太郎は立ち上がった。

　そのとき、奥にいた店番《たなばん》の男が、

「梶井さま」

　と、声をかけた。

「なんだ？」

　店番の男は上がり框まで出て来て、

「こんなこと、言う必要があるのかどうかわかりませんが」

　と、前置きして、

「先代の内儀《かみ》さんは先代が亡くなる前に家を出て行ってしまったんです」

「家を出た？　どういうことだ？」

「客の男といい仲になって家出を……。だから、先代はその心労から心ノ臓の発作をおこしたのではないかと」

「どうして、そんなことを知っているのだ？」

「先代のお弔いのとき、内儀さんの姿がないので番頭さんにきいたら、そんなことを言ってました」

「その話は私も聞いています」

家主は口をはさんだ。

「内儀はどこで暮らしているか知らないか」

「知りません」

家主が言うと、店番の男も首を横に振った。

「内儀の実家もわからないな」

扇太郎は確かめてから礼を言い、自身番を出た。

扇太郎は通りを『松本屋』のほうに向かった。

四つ辻《つじ》の角に『松本屋』があった。扇太郎はゆっくり行き過ぎる。

暖簾《のれん》の隙間から薄暗い店内が見えた。店座敷に甲冑《かっちゅう》が飾ってあった。

行き過ぎたとき、背後に足音が近づいてきた。

「旦那《だんな》」

伝八だった。

「向こうに行こう」

「へえ」

ふたりは神田川に向かった。

「何かわかったか」

川の辺《ほとり》に行き、扇太郎はきいた。

「近所の者は、『松本屋』は商売を本気でやる気があるのかと不思議だと言ってました」

「どういうことだ？」

「店は開けていても、店番もいないことが多く、品数も少なく、客もあまり入っていないようです」

「自身番で聞いた話だと、扱っている品は高価なものが多いという。だから、たまに売れれば儲《もう》けは大きいのかもしれない」

「そんなものですか」

「主人の彦右衛門は柳橋や向島に遊びに行っているらしい」

「そんなに儲けているんですか」

伝八は驚いてから、

「ちょっと気になったのが、近所の住人の話です。『松本屋』の裏口から遊び人ふうの男が三人も出てきたのを見たことがあった。三人とも鋭い顔つきだったので、何かあったのかと『松本屋』の奉公人にきいたそうです。すると、奉公人は商売のことでもめたが、もうなんともないと」

「商売のことでもめた？」

「ええ。掘り出し物を見つけて買った数日後、売った男が高価なものだからもっと金を出せと言ってきた。でも、そのことの話し合いはついたということです」

「そうか」

「旦那のほうは何かわかりましたかえ」

「先代の主人が亡くなったあと、彦右衛門が『松本屋』を買い取ったそうだ。ただ、先代の内儀は客の男と家出をしたというから、誰から買い取ったのか疑問が残る。『松本屋』の商売をそのまま続けたが、彦右衛門は五人いた奉公人をみなやめさせている」

「なにかありそうですね」

伝八の目が鈍く光った。

「やめさせられた手代が今は池之端仲町の骨董屋《こっとうや》で働いているらしい。その男から何かきき出せるかもしれない」

「でも、旦那」

伝八は渋い顔で、

「中間《ちゅうげん》の音松を見つけることが先決じゃありませんか。辻強盗のほうが、あっしらには大事じゃ……」

「そうだが、彦右衛門が気になるのだ。俺はもう少し彦右衛門を調べてみる。口入れ屋のほうは伝八に任す」

「わかりやした」

扇太郎は伝八と別れ、池之端仲町に急いだ。

池之端仲町の自身番で、骨董屋の場所を聞いて、扇太郎は『仙波屋《せんばや》』という骨董屋に行った。

扇太郎は店に入った。店座敷には茶器や釜《かま》、火鉢、刀剣から茶簞笥《ちゃだんす》まで所狭しと並んでいる。

「これは旦那、何か」

番頭らしき男が近づいてきた。

「半年前まで、『松本屋』にいた男がここで働いていると聞いたのだが？」

「定吉《さだきち》ですか」

「定吉というのか。すまないが、呼んでもらいたい」

「はい」

番頭は近くにいた小僧に耳打ちをした。

小僧は店座敷に上がり、長暖簾の奥に行った。しばらくして、二十五、六歳の男がやってきた。

「定吉か」

扇太郎は確かめる。

「はい。定吉です」

「半年前まで、神田佐久間町の『松本屋』にいたそうだな？」

「はい」

定吉は不安そうに頷《うなず》く。

「どうして、『松本屋』をやめることになったのだ？」

「はい、旦那さまが急にお亡くなりになると、親戚《しんせき》の者だという年寄りがやってきて、お弔いを取り仕切りました。その年寄りが同じ親戚の彦右衛門が『松本屋』を引き継ぐことになったと私らに告げたのです。その彦右衛門という男がお店を一新するので、おまえたちにはやめてもらうと」

「ずいぶん乱暴な話だが、親戚の者だという年寄りを知っていたのか」

「はい、何度か旦那さまを訪ねてきていました」

「親戚なのは間違いないのか」

「と、思いますが」

「どういうことだ？」

「旦那さまから親戚とは聞いたことはありませんので」

「その年寄りの名はわかるか」

「確か、孫兵衛《まごべえ》さまだと」

「いくつぐらいだ？」

「五十過ぎの痩身《そうしん》で、鷲鼻《わしばな》でした」

「そうか。で、他の奉公人はどこにいるか知っているか」

「いえ。わかりません」

「内儀の行方もわからぬな」

「はい。実家はわかりますが」

「なに、実家を知っているのか。どこだ？」

「本郷菊坂町《きくざかまち》にある瀬戸物屋で『広田屋《ひろたや》』です」

「わかった。ところで、どういう経緯《いきさつ》でここで働くようになったのだ？」

「ここの旦那さまが『松本屋』の亡くなった旦那さまと親しかったのです。その関係で引き取っていただきました」

「うむ。今の『松本屋』の噂を聞いているか」

「はい。商売をやるつもりはないようだと、うちの番頭さんは言っていました」

「そうか。ちょっと番頭を呼んでくれ」

「はい」

定吉は店座敷にいる先ほどの男のところに行った。

番頭が立ち上がってやってきた。

「すまない。『松本屋』のことできたい。『松本屋』は商売をやるつもりはないようだと言っていたそうだが。どうしてそう思ったのだ？」

「旦那さまが、『松本屋』は寄合にも出てこないと呆《あき》れ返っていたのと、はじめて来たお客さまが『松本屋』に行ったけど店番はいないし、品物も少なく、商売をやっている感じではなかったと驚いていたんです」

「『松本屋』の彦右衛門について何か聞いているか」

「いえ。『松本屋』にあんな親戚がいただろうかと、旦那さまも首を傾げていました。今は、もう『松本屋』さんとは付き合いがありません」

「わかった。邪魔をした」

扇太郎は礼を言い、骨董屋の店を出た。

扇太郎は湯島切通《ゆしまきりどおし》町から本郷に向かった。

加賀《かが》前田《まえだ》家の上屋敷の前を通って菊坂町にやって来た。瀬戸物屋の『広田屋』はすぐにわかった。

店先に瓶や七輪、茶碗《ちゃわん》、皿などが並んでいた。そばにいた小僧に声をかけ、主人を呼んでもらった。

三十半ばの男が出てきた。

「主人か」

「はい。何か」

広田屋は不安そうにきいた。

「神田佐久間町にある骨董屋『松本屋』の件だ」

そう言うと、広田屋は表情を曇らせた。

「亡くなった先代の内儀はそなたの妹だそうだな」

「はい。おそめです。ですが、『松本屋』を飛び出してしまいました」

「客の男のところに行ってしまったようだな。今、どこで何をしている?」

「わからないのです。知らせがなくて」

「先代が亡くなったことは?」

「わかりません。葬儀には来ませんでしたが、顔を出しにくかったのかもしれません」

「ところで、今の主人の彦右衛門だが、そなたは知っていたか」

「いえ、知りません」

「先代の親戚の孫兵衛という男は?」

「葬儀のとき、はじめて会いました」

「どんな男だ?」

「五十過ぎの眼光の鋭い男でした。葬儀をすべて取り仕切っていました。先代の叔《お》父《じ》だと言っていましたが」

「孫兵衛が『松本屋』の後継ぎを彦右衛門に決めたそうだが？」

「はい。孫兵衛の弟だと言っていました」

「ほんとうにそうなのか」

「おそめがいればはっきりするのでしょうが、おそめはあんな馬鹿なことをして」

「夫婦仲は悪かったのか」

「そうでもなかったようですが、客の男に迷わされたのです」

「どんな男か聞いているか」

「苦み走った男だそうです。おそめもばかな女です」

広田屋は激しく妹を責めた。

「おそめの行方がわかったら教えてもらいたい」

「わかりました」

本郷からの帰り、扇太郎は『松本屋』に対する疑惑を膨らませていたが、それがどのようなものか、形になって脳裏に浮かんでこなかった。

本郷から奉行所に戻る途中、扇太郎は日本橋を渡ったあと、霊岸島に足を向けた。町田十兵衛が大川端町の長屋の誰を訪れたのか確かめたかった。

辻強盗《つじごうとう》の疑いから十兵衛の刀を検《あらた》めると、思いがけないことに竹光だった。そのことがきっかけで、扇太郎は十兵衛のことが気になりだしたのだ。

武士の魂の刀を、どんなわけがあって売ったのか。

その答えがあの長屋にありそうだった。八丁堀の脇を通って亀島川を渡り、霊岸島に入った。そのまま大川に向かう。

大川沿いに広がっている大川端町に着いた。十兵衛が入って行った長屋木戸をくぐる。

片側に三軒、都合六軒の長屋だ。どこの部屋を訪れたかわからない。

とっつきの家の腰高障子が開いて、小肥《こぶと》りの女が出てきた。扇太郎に気づいて、不安そうな顔をした。

「ここに町田十兵衛という浪人がやってきているが、どこの住まいを訪ねているかわかるか」

「はい。奥のお小夜《さよ》さんのところです」

「お小夜とはどのような女子《おなご》だ？」

「近所の子どもたちに読み書きを教えています。お武家さまの娘だったようです。三歳の娘とふたり暮らしです」

「亭主は？」

「お亡くなりになったそうです。この長屋に引っ越してきたのはふたりだけでした」

「そうか」

十兵衛は亭主の知り合いだったのかもしれない。しかし、刀を売ってまで、この母娘《ははこ》のために金を工面しなければならなかったのか。

「暮らし向きはどうなのだ？」

「娘のおはつちゃんが体を壊して薬代が嵩《かさ》んでいるようです」

「そうか」

それでかと、扇太郎は納得した。

「娘の病状はどうなのだ？」

「思わしくないようです。高麗人参《こうらいにんじん》を飲ませればいいんでしょうけど」

女は顔を暗くした。

「そうか。すまなかった」

扇太郎は礼を言い、長屋を引き上げた。

五

その夜、『桜家』の客は『松本屋』の彦右衛門だった。

「また浪人さんは外で？」

新吉は女中頭にきいた。荒木又十郎という用心棒のことだ。

「ええ、また、外で暇を潰《つぶ》すようよ」

「もう寒いですからね」

また、三囲稲荷社で待つつもりか。

『桜家』の裏口を出て、新吉は三囲稲荷社に行った。まだ、宵の口なので、参拝者の姿があった。

だが、荒木又十郎は見当たらなかった。

冷たい風が強く吹きつけた。新吉が引き上げようとしたとき、鳥居をくぐってきた荒木又十郎に気づいた。

「荒木さま」

「新吉か。何をしているんだ？」

細面の顎《あご》は尖《とが》り、細い目は鋭い。

「荒木さまを捜しに」

「俺を？」

「外で一刻《いっとき》（二時間）も過ごすのはたいへんです」

「なあに、歩きまわっていれば寒くない」

「どうぞ、あっしの家でお過ごしになりませんか。汚いところですが、寒さしのぎになります」

「いや、そんな迷惑はかけられぬ」

「独り暮らしですから気兼ねはいりません」

「そうか」

「ぜひ」

「では、お言葉に甘えることにしよう」

「へい。では、参りましょうか」

新吉は又十郎と並んで歩きだす。

秋葉神社の参道を過ぎ、新吉は自分の家に帰ってきた。

「どうぞ」

戸を開け、先に又十郎を土間に入れ、新吉は戸を閉めてから部屋に上がった。

行灯《あんどん》に灯を入れて火鉢に火をおこす。

「どうぞ、お上がりください。すぐ、暖かくなります」

「うむ」

又十郎は左手で腰の刀をはずした。

新吉は徳利《とっくり》を手にして酒を湯呑《ゆの》みに注ぎ、

「どうぞ、あとはご自由にやってください」

と、差し出した。

「すまぬな」

「それにしても、旦那《だんな》が遊び終えるのを寒い場所で待たねばならないなんて」

新吉は同情して言う。

「それも仕事のうちだ」

「『松本屋』の旦那は暗闇の定九郎という老盗人《ぬすっと》が大名家から盗んだ品物を横取りした。それで、命を狙われているということでしたね」

「『松本屋』はそう言っていた」

又十郎は左手で湯呑みを摑《つか》んで口に運んだ。

「『松本屋』の旦那は暗闇の定九郎という盗人を知っているんですかえ」

「おそらく、『松本屋』は盗品と承知で買い取り、それを金持ちに売っているんだろう」

又十郎はそう言い、酒を呑み干した。

「その後、旦那が襲われることは？」

「ない」

「荒木さまがいるので手が出せないのでしょうか」

「どうかな」

又十郎は徳利を左手でつかみ、片手で栓を開けて酒を注いだ。新吉はその様子を見ながら、先日の賊を思いだした。長身の侍を助けるように襲いかかってきた覆面の侍のことだ。袴《はかま》をはき、躍動するように襲いかかってきたので印象は異なるが、細身の体つきは似ている。

あの侍の右の二の腕を斬った。まだ、傷は癒《い》えてないはずだ。

やはり、あのときの賊は荒木又十郎ではないか。

「荒木さま、あっしはそろそろ芸者屋のほうに顔を出さなくてはなりません。適当な刻限に『桜家』まで」

「わかった」

「では、あっしは」

新吉は家を出た。

新吉は『桜家』にやって来た。勝手口でしばらく待っていると女中頭が現れて、『松本屋』の旦那がお帰りだと言った。

門の脇で待っていると、彦右衛門とお葉が出てきた。女将《おかみ》や女中に見送られ、土手のほうに歩いて行く。

少し離れて、新吉はふたりのあとをつけた。今夜は風はないが、冷気は厳しい。葉を落とした木々が凛《りん》として立っている。

三囲稲荷社の前を過ぎた。まだ、荒木又十郎は現れない。土手に上がった。船着場に向かう途中で、彦右衛門が立ち止まって振り返った。お葉も足を止めた。

彦右衛門が新吉に声をかけた。

「新吉」

「へい」

新吉は駆け寄った。

彦右衛門は厳しい顔で待っていた。

「何か」

新吉が腰を折ってきく。

「札差の『天野屋』の旦那が鷲神社境内で掏摸《すり》に狙われたそうだな。そのことで、おまえは私にあらぬ疑いをかけているようだな」

彦右衛門が眼光鋭くきいた。

「いえ、そうではありません。その話が旦那の耳にも入っていることを知り、旦那がそのことについて他の誰かに話をされたのではないかと思いまして」

「私がなぜそんな真似をすると思ったのだ？」

「へえ」

新吉は返答に窮した。

「じつは旦那を狙った男の実際の狙いはあっしだったのではないかと思いまして」

「おまえさんを？」

「へえ。『天野屋』の旦那が掏摸に目をつけられたのも実際はあっしが狙いだったようなのです。ですから、旦那を狙ったのではなくあっしを」

「なぜ、そんな手間のかかることをするのだ？」

「狙いを眩《くら》ますためです」

「旦那は勘定奉行の笠木嘉門さまが『生駒屋』の寮で殺されたことをご存じでいらっしゃいますか」

「いや、知らぬ」

彦右衛門は新吉を睨《にら》みつけたまま答える。

「では、茂太という男をご存じでは？　実の名はわかりません。おそらく武士で……」

「新吉」

彦右衛門が制した。

「なぜ、そんな話を私にするのだ？」

「いえ。ただ、ご存じではないかと思いまして」

「どうして、私が知っていると思うのだ？」

「いえ、ただきいただけでして」

「おまえは何か誤解しているようだ。明日、もう一度話をしよう。昼前に店まで私を訪ねてこい」

「わかりました。お伺いさせていただきます」

「うむ」

彦右衛門はようやく船着場に向かった。新吉もついて行く。舟の船頭が下りて待っていた。

「お葉、また来る。新吉、明日だ」

「へい」

彦右衛門は舟に乗り込んだ。

背後にひとの気配がした。荒木又十郎が戻ってきた。

「新吉、世話になった」

又十郎は言い、左手だけで腰から刀を外して舟に乗り込んだ。

「どうぞ、お気をつけて」

船が岸を離れたあと、お葉が口を開いた。

「新さん。旦那《だんな》と何かあったのかえ」

「なんでですか」

「旦那の様子もおかしいの」

「おかしいと言うと？」

「今夜は最初から表情が硬かったし、新さんのことを気にしたりして」

「あっしのことを？」

「ええ、なぜ箱屋をやっているのかとか……」

「その他にも何か」

「そのことで勝手な想像をしていたわ」

「箱屋をやっているわけについてですか」

「ええ」

「どんな？」

「………」

舟は遠ざかっていた。

「帰りましょう」

お葉がいきなり踵《きびす》を返した。

新吉はあわてていていく。

土手に上がってから、お葉がきいた。

「新さん、『松本屋』の旦那に何かあるの？」

「………」

新吉は言葉に詰まった。

「新さん。教えて。さっき、旦那と話しているとき、妙なことを言っていたでしょう。旦那を狙った男の実際の狙いはあっしだったのではないかと……」

お葉は心配そうに、

「『天野屋』の旦那も言っていたわ。鷲神社境内の掏摸の狙いは新吉のようだと。新さんは誰に命を狙われているの？」

「わかりませんが、勘定奉行の笠木嘉門さま殺しで暗躍した茂太という男ではないかと思っています」

「なぜ、そう思うの？」

「そのことしか思い当たらないからです。茂太はこれからも何かしようとしている。あっしがその邪魔になると考えているのでしょう」

「『松本屋』の旦那の背後に茂太がいると？」

「わかりません。明日、それを確かめてきます」

「そう」

お葉は不安そうに表情を曇らせた。

翌日の朝四つ（午前十時）、新吉は神田佐久間町にある『松本屋』の客間で彦右衛門と差し向かいになった。

「昨夜《ゆうべ》の話だが」

大きな目を向けて、彦右衛門は切り出した。

「確かに、敏八と菊乃がそれらしいことを話していたのを聞いていたが、私がそのことを誰かに話したということはない」

彦右衛門の言葉が事実かどうかわからない。だが、新吉はそのことを追及する材料を持ち合わせていなかった。

「竹屋の渡し場に現れた匕首《あいくち》を持った男はほんとうに旦那を襲おうとしていたのでしょうか」

「そうだ。だから、用心棒を雇ったのだ」

「荒木又十郎どのですね。荒木どのは、暗闇の定九郎という老盗人《ぬすっと》が殺し屋を雇ったと言っていましたが」

「うむ」

「なぜ、あっしには違う説明を？」

「盗人から品物を横取りしたことを、お葉に知られたくなかったのだ」

「そうですか。で、荒木どのとはどういう縁で？　どこかの口入れ屋ですか」

「いや、たまたま町で知り合ったのだ。腕に覚えがあるというので雇うことにした。なぜ、そんなことをきく？」

「その前におききしたいのですが、荒木どのは右腕に怪我を負っているようでしたが、どうしたのかわかりますか」

「いや。どうして怪我をしていると思ったのだ？」

「昨夜、お会いしたとき、右腕をかばっているようでしたので」

「それでか」

彦右衛門は顔をしかめた。

「何か」

「じつは、荒木又十郎は昨夜で用心棒をやめたのだ」

「やめた？」

「突然だった」

「荒木どのはどこにお住まいですか」

「どうするのだ？」

「じつはあっしは長身の侍と細身の侍に襲われました。そのとき、細身の侍の右腕に斬り傷を与えました」

「細身の侍は覆面をしていましたが、荒木どのと同じような体つきでした。荒木どのも右腕に怪我を負っているとなると、同じ人物だと考えざるを得ません」

「………」

「旦那。長身の侍と荒木どのとおぼしき侍に襲われる前に、ふたりの浪人に襲われました。そのときは掏摸《すり》の男もいっしょでした」

新吉は身を乗り出し、

「掏摸の男は、最初は遊び人ふうの男をふたり、次に浪人をふたり、そして、今度はもっと腕の立つ侍をあっしに差し向けてきたのです。いや、旦那に匕首を向けた男もあっしに向かってきたことがありました。なんとしてでも、あっしを亡きものにしようという執念が感じられます」

「………」

彦右衛門は口を真一文字に閉じたままだ。

「あっしをここまで追い込んでくるのは茂太という男しか考えられません。荒木又十郎は茂太の命令を受けて旦那を通してあっしに近づいたのです。旦那の周辺に茂太がいるはず」

「新吉」

彦右衛門はやっと口を開いた。

「私のところには多くの者が集まってくる。その中に、どんな企《たくら》みを持った者がいるかわからぬ。すべては私の知らないところで行われていたのだ」

言い逃れかどうかは判断がつかなかった。

「荒木又十郎は押上《おしあげ》村の天照寺《てんしょうじ》という寺の納屋に住んでいる」

「押上村の天照寺ですか。わかりました。荒木どのの代わりに用心棒を雇うおつもりですか」

「いや、そなたの話を聞いたら、私にはその必要はなさそうだ」

「そうですか。また、向島でお待ちしております」

新吉は腰を上げた。

彦右衛門がどこまでほんとうのことを言っているのかわからないが、元凶は茂太と名乗った男だ。

そう思いながら向島に戻った。

第四章　口封じ

一

翌日の朝。扇太郎は同心詰所に入ると、森内哲之進が近寄ってきた。芝方面を受け持っている同心だ。

「近頃、辻強盗《つじごうとう》は出没していないようだな」

「ええ、目をつけられたと思って自重しているのかもしれません」

扇太郎は想像を言う。

「そっちの辻強盗は名前もわかっているからな」

「はい。真中源蔵という長身の侍です。ほんとうは原田備後守さまの下屋敷のご家来から話をきければいいのですが」

「木戸さまは許さない」

「そうですね。芝のほうはまだ手掛かりは？」

「ない。ただ、俺は芝と神楽坂の辻強盗は同じ人物だと思っている。両方とも細身の侍が目撃されているのだ。斬り口が違うのはたまたまではないか」

「そうだとすると、これまで辻強盗は六件ありましたが、ふたりの仕業ということになりますね」

「そうだ。そのふたりは赤の他人か、それとも仲間か」

「最初は真似する者が出たと考えましたが……」

「馬喰町と神楽坂の辻強盗から五日は経った。そろそろ、どこかで起こるかもしれぬ」

「ええ」

　確かに、五日以内に続けて起こっていた。今夜からここ数日のうちにどこかに辻強盗が現れそうだ。

「ただ、警戒が厳しいと辻強盗も自由に動けないし、また、町の衆も用心して夜は外出しないようにしているでしょうし」

　扇太郎は言ってから、

「そういえば、押込みもありませんね。こっちも火盗改の警戒も厳しく、一味は動けないのでしょうか」

と、首を傾げた。

「いや、規則正しい間隔を空けて押込みをしているわけではないだろう。押込みの警戒を怠らないほうがいい」

「わかりました」

それから、しばらくして、扇太郎は同心詰所を出た。

奉行所の前で伝八が待っていた。

「旦那、今、旦那を待ちながら考えていたんですが、音松は口入れ屋を経ていないようです。きいても音松を知らないそうです」

数寄屋橋御門を抜けてから、伝八は口を開いた。

「原田家下屋敷に自由に出入り出来たことを考えると、音松は上屋敷から遣わされていたんじゃないですかえ」

伝八が言う。

「上屋敷か」

「ええ、音松は上屋敷にいるような気がしています」

「そうかもしれぬな。そうなると、ますます難しくなったな」

扇太郎は顔をしかめた。

「ええ、上屋敷を見張って、音松が出てくるのを待つしかありません」

「音松の顔も知らないのだ。下屋敷の中間《ちゅうげん》から聞いた特徴から本人を探し当てられるか」

扇太郎は首をひねる。

「そうですね」

「下屋敷の誰かが音松は上屋敷から来ていると話してくれるといいのだが」

「やはり、下屋敷ですね」

「そうだ。だが、我らは手が出せない」

「真中源蔵も上屋敷にいるのでしょうか」

「いや、下屋敷には入れても上屋敷には無理だろう。家来の数も違うからな。すぐひと目についてしまう」

「そうですね」

「しかし、音松が上屋敷にいるというのは当たっているかもしれぬ。なんとかして、音松を見つけ出す手立てを考えるのだ」

「原田家に何人か送り込んでいる口入れ屋に今奉公している中間を引き合わせても

らうように頼んでみます」

「そうだな」

　扇太郎は応じてから、

「そのことは手下に任せ、『松本屋』の彦右衛門について調べてもらいたいのだ。新吉を襲わせたという証《あかし》はまだ見つからないが、彦右衛門という男には謎が多い。ほんとうに『松本屋』の親戚《しんせき》なのか」

「赤の他人が『松本屋』を乗っ取ったってことですかえ」

「うむ。彦右衛門は骨董屋《こっとうや》をまっとうにやっている様子はない。あの店は何かの隠れ蓑《みの》ではないか。夜に遊び人ふうの男が出てきたというが、そのことも気になる」

「やはり、彦右衛門が新吉に殺し屋を差し向けていると？」

「考えられる。その背後には勘定奉行笠木嘉門殺しの茂太という男がいるに違いない」

「どうしますね」

「彦右衛門に当たってみて、相手の手《て》応《ごた》えを見てみる」

「これから行きますかえ」

「そうだ」

扇太郎は意気込んで応じた。

それから四半刻《しはんとき》（三十分）後に、扇太郎と伝八は神田佐久間町の『松本屋』にやって来た。

番頭らしき男は同心だと気づくと、あわてて近寄ってきた。

「これは旦那《だんな》に親分さん」

「主人の彦右衛門はいるか」

伝八が口を開く。

「はい。少々お待ちを」

番頭は奥に呼びに行った。

すぐに番頭が戻って来て、扇太郎と伝八を店座敷の脇にある小部屋に通した。

番頭と入れ代わって、彦右衛門がやってきた。

「彦右衛門でございます」

向かいに腰を下ろし、彦右衛門は頭を下げた。

「どんな御用で？」

「怪しい連中がこの店に出入りをしているという訴えがあった。それで念のために確かめにきた」

扇太郎が口を開いた。

「そんなことが」

彦右衛門は大仰に目を見開き、

「こういう商売をしていると、いろいろな連中が品物を持ち込んできます。ですが、うちは買わないとお断りをしています。盗品かもしれませんので」

「なるほど」

「そなたはいつからここに？」

「半年前からです。先代が急死し、私が急遽《きゅうきょ》あとを継ぐことに」

「そなたは、『松本屋』とはどのような関係なのだ？」

「先々代の妾《めかけ》の子です。芝のほうで商売をしていましたが、あるとき、いきなり先代の叔父《おじ》というひとが訪ねてきて、『松本屋』の後継ぎがいなくなってこまっている。おまえに継いでもらいたいと」

彦右衛門は説明する。

『松本屋』に後継ぎは誰もいなかったのか」

「はい。先代には子どももなく、内儀《かみ》さんも家を出て行ってしまったということで」

「それで、芝の店を払って、ここに移ったのか」

「そうです」

「芝には誰か残っているのか」

「いえ」

「先代のときの奉公人はみなやめさせたそうだが」

「はい。何事も一新したいと思いまして」

「先代の叔父は何という名だ？」

「孫兵衛です」

「どこに住んでいる？」

「麴町《こうじまち》だそうです」

「麴町のどこだ？」

「…………」

「どうした？」

「詳しいことはわからないのです」

「わからない？」

「はい」

「そなたを後継者にした男ではないか」

「そうですが……」

彦右衛門は言いよどんでから、

「私はこの『松本屋』にすんなり入ってきたわけではありません」

と、言い出した。

「どういうことだ？」

「この店を買い取ったのです」

「買い取る？　誰からだ？」

「孫兵衛さんからです。他に継ぐ者はいないから孫兵衛さんの手に渡った。それを私に譲るということで」

「孫兵衛はほんとうに先代の叔父だったのか」

「そうだと信じていました」

「そなたに継がすのに、そなたに買い取らせたというのか」

扇太郎は不思議そうにきいた。

「そうです」

「孫兵衛とは、その後、会ったことはあるのか」

「じつは……」

「なんだ？」

「はい。一度、孫兵衛さんを麹町まで訪ねたことがあるのです。ところが、教えてもらったお店に孫兵衛さんはいなかったのです。孫兵衛さんは私に嘘をついていたんです」

「先代の叔父というのも嘘か」

「いえ、そのことはわかりません。ただ、私から金をとった負い目からほんとうの住まいを言えなかったのだと思います」

「孫兵衛のことを知っている者はいたか」

「いえ」

「孫兵衛は『松本屋』とは縁のない男かもしれぬな。どうだ？」

「今から考えると」

彦右衛門は首を傾げた。

「その後、誰かから何も言ってこないのか」

「何もありません」

「不思議だな。『松本屋』の先代は天涯孤独な男のように思える」

「そうですね」

「そのことを不思議に思わなかったか」

「いいえ」

「そうか」

扇太郎は溜《た》め息をついた。

彦右衛門は孫兵衛を悪者にして自分を正当化している。だが、彦右衛門が嘘をついていると決め付けるものはない。

「そなたは先代の内儀を知っているのか」

「いいえ、知りません」

「そなたに家人は？」

「家内とは別れましたので」

「独り身か」

「はい」

「ずいぶん静かだが、ここには何人住んでいるのだ？」

「私を含めて六人です」

「家人は？」

「弟がひとり」

「あとは奉公人か」

「はい。下男と女中も入っています」

「すると商売は何人で？」

「私と弟、それに奉公人ふたりの四人です」

「ところで、ここに浪人は？」

「先日まで、用心棒を雇っていましたのでご浪人さんが出入りをしていました」

「なぜ、用心棒を？」

「商売上の諍《いさか》いで、恨まれまして」

「今は雇っていないのか」

「はい」

「近所できくと、商売をしているようには思えないという声を聞いたが？」

「それは、高価な物しか取り扱わないので、ふつうのお客さまがこないからでしょう。私どもは月に何点か売れれば御の字でやっていますので」

「それでやっていけるのか」

「はい。利幅が大きいので」

「そうか」

扇太郎は伝八と顔を見合わせた。

伝八が頷《うなず》き、彦右衛門に向かってきいた。

「いろいろな連中が品物を持ち込んでくると言っていたが、そういう連中は正面の店にやってくるのか。それともひと目を気にして裏口からやってくるのかえ」

「それはお店に入ってきます」

「そうか」

伝八はそれだけで下がった。

「長々と邪魔をした」

扇太郎は腰を上げた。

「何かご不審がありましたら、いつでもどうぞ」

彦右衛門も立ち上がって微笑んだ。

『松本屋』の外に出て、伝八が呟《つぶや》いた。

「旦那《だんな》、何かすっきりしませんね。先代の叔父《おじ》の孫兵衛って男は怪しくありませんか」

「内儀の兄も会ったことがないというのだ。彦右衛門は先々代の妾《めかけ》の子というのも怪しい。つまり、孫兵衛と彦右衛門だけでことを進めている」

神田川の辺《ほとり》にやってきた。

「彦右衛門は芝で商売をしていたというが、ほんとうかどうか。怪しいところはあるが、彦右衛門があそこで何をしようとしているのかはわからぬ。とりあえず、新吉に会ってみよう」

扇太郎は足を向島に向けた。

吾妻橋を渡り、水戸家下屋敷の前を過ぎ、秋葉神社に向かう道に入った。頬に冷たいものが当たった。空は雨雲に覆われていた。

二

今にも降り出しそうな雨模様の中、新吉は水戸家下屋敷の裏手を右に見ながら源《げん》森川《もりがわ》を渡り、業平橋《なりひらばし》から川沿いを東に向かう。

『武蔵屋』にお葉を送り届けたあと、『桔梗家』に戻り、お琴にお葉の迎えを頼んだ。

押上村に近づくと、田圃《たんぼ》の中にいくつかの寺の大屋根が望めた。途中で出会った村人に場所を聞いて天照寺に急ぐ。

昼前だというのに夕方のように暗くなってきた。ようやく、天照寺の前に着いた。

山門をくぐり、庫裏のほうに向かう。寺男が歩いてきたので、声をかけた。

「すみません。このお寺の納屋にお侍さんが暮らしていると聞いてきたのですが」

「お侍？　いませんぜ」

「いない？」

「ええ、確かに、以前に火事で家を失ったひとが一時的に住んでいたことはありましたが、今は物がいっぱいで、納屋でひとは暮らせません」

「……」

「なんなら、覗《のぞ》いてみますか」

「いえ。それには及びません」

新吉は諦《あきら》め、引き返した。

山門を編笠《あみがさ》の侍が入ってきた。その侍は新吉のほうに近づいてくる。新吉は横に移動した。

しかし、編笠の侍は心持ち新吉のほうに寄ってきた。長身の侍だ。向島で襲ってきた侍ではない。不審に思ったが、殺気は感じない。

そのまま擦れ違おうとしたとき、いきなり鋭い剣が襲った。新吉は前に倒れ込むように逃れた。なおも、相手は剣を振り下ろしてきた。新吉は横に跳び、体勢を立て直した。

「何者だ？」

相手は無言で八相に構え、迫ってくる。

新吉は後退《あとずさ》った。今までの襲撃者よりはるかに腕が立つ。

「『松本屋』の彦右衛門に頼まれたか」

相手は斬り込んできた。その剣をかわすのに精一杯だ。相手の剣は的確に狙ったところに襲いかかる。袂《たもと》や襟が斬られた。

新吉は山門まで追い詰められた。この相手には素手では無理だ。はじめて、刀さえあればと思った。

相手はじわじわと迫ってきた。が、相手の動きが止まった。山門からひとの声が聞こえた。

「待て」

扇太郎だった。

いきなり、編笠の侍は足の向きを変え、境内の奥に向かって駆けだした。扇太郎と伝八は追いかけた。

だが、すぐ戻ってきた。

「裏門から逃げられた」

扇太郎は吐き捨ててから、

「新吉、だいじょうぶか」

と、声をかけた。

「梶井さま。助かりました」

「何奴だ？」

「わかりませんが、『松本屋』の旦那が関わっているのは間違いありません。ここに来たのも、旦那に言われて……」

彦右衛門の用心棒として新吉に近づいた荒木又十郎のことを話した。

「あっしを襲った賊が荒木又十郎だったのです」

「荒木又十郎はもともとこの寺の納屋に住んでいなかったというわけか」

「はい。ここにあっしを誘《おび》き出して、さっきの侍に始末させようとしたのです。梶井さまが来てくださって助かりました」

新吉は改めて礼を言ってから、

「それより、どうしてここに？」

「おまえの家に行ったんだ。留守だったので『桔梗家』に向かいかけたとき、茂助に出くわした。そしたら、押上村の天照寺に行ったと聞いた。気になったので、追いかけてきたというわけだ」

「そうでしたか」

茂助と出会ったので押上村に行くと話したのだ。

「袂と襟が斬られているな」

扇太郎が眉根《まゆね》を寄せた。

「かなり手ごわい相手でした。今までの襲撃者の比ではありません」

「長身のようだったが？」

「ええ、長身でしなやかな体の動きでした」

「はじめてか？」

「はい。ですが、あっしの顔を知っていたのですから、以前どこかで見られていたか、あるいは近くにあっしを知っている者がいたか……」

「いや、菊五郎に似た色男だ。特徴を聞けば、間違うはずはない」

扇太郎は言い、

「とにかく、降られないうちに引き上げよう」

「へい」

新吉は扇太郎らと向島の自分の家に戻った。空は相変わらずどんよりし、ときたま冷たいものが顔に当たったが、どうにか家までは雨に降られずに済んだ。

「どうぞ、お上がりください」

「うむ」

扇太郎は刀を外して部屋に上がった。

「伝八親分は？」

「俺はここでいい」

伝八は上がり框《がまち》に腰を下ろした。

「『松本屋』の彦右衛門のことでわかったことを知らせる」

そう言い、扇太郎は彦右衛門が『松本屋』の主人になった経緯《いきさつ》を話した。

「孫兵衛という先代の叔父《おじ》も謎だ。先代の葬儀を仕切ったそうだが、内儀の兄も奉公人もそれまで孫兵衛の存在を知らなかったのだ。彦右衛門が先々代の妾《めかけ》の子というのも怪しい。おそらく、嘘だ」

「後継ぎのいない『松本屋』を孫兵衛と彦右衛門が乗っ取ったということですね」

「そうだ。だが、骨董屋《こっとうや》の商売をするためではない。何か他に狙いがあるのだ」

「彦右衛門は茂太を名乗った男と通じているのは間違いありません。あっしを執拗《しつよう》に襲ってくるのは茂太しか考えられません」

新吉は言いきった。

「でも、茂太は新吉の何が気に食わないんでしょう」

伝八が口をはさんだ。

「これからやろうとしていることと関係があるのだ」

扇太郎は火鉢に当たりながら言う。

「それはなんですかえ」

「わからぬ」

「待ってくださいな」

新吉ははっと閃《ひらめ》いたことがあった。

「笠木嘉門さまはいずれ別のお役にお就きになることになっていたそうです。別のお役が何かわかりませんが。ひょっとしたら、そのお役のことで……」

「どういうことだ？」

「最初は、佐渡奉行の大畑秀衡さまが勘定奉行の座を狙って笠木嘉門さまを殺したと考えましたが、『生駒屋』の旦那《だんな》が言うには、笠木さまのあとは大畑さまに決まっていたそうです。だから、大畑さまは急いで笠木さまを亡きものにする必要はなかったということでした」

「つまり、新しいお役のほうに問題があったということか」

「はい。そのお役に就きたいと思うもう一方の競争相手が笠木さまを殺した……」

「しかし、そうだとしたら、目的を果たしたはず。あらたな企《たくら》みなど必要ないはず」

扇太郎が異を唱える。

「目論見《もくろみ》が狂ったとしたら……」

「どういうことだ？」

「笠木さまが死んだことで、空くはずのお役の前任者がしばらく続けることになった。当てが外れた競争相手はあらたな手立てを講じなければならなくなって……」

「笠木さまがどんなお役に就く予定だったか調べてみる必要があるな」

扇太郎が首を傾げた。

「旦那、笠木さまのお屋敷できくことは出来ませんか」

「いや。難しい」

扇太郎は首を横に振る。

「梶井さま。勘定奉行から出世するというと、どんな役職が考えられるのでしょうか」

新吉はきいた。

「そうよな」

扇太郎は思いだしながら、

「あるお方は勘定奉行のあと西丸御留守居役《にしのまるおるすいやく》から小普請組支配《こぶしんぐみしはい》に、あるお方は勘定奉行のあと町奉行《まちぶぎょう》になったな」

「町奉行ですって」

「そうだ」

「町奉行が代わるという話を聞いていませんか」

「いや、俺たちにはそんな話は間際にならないと聞こえてこない。あっ」

突然、扇太郎が声を上げた。

「昨今の押込みの横行や辻強盗《つじごうとう》の出没で、お奉行の立場がなくなると、上役が騒いでいた。老中から責任を追及されかねないようだ」

「じゃあ、町奉行の座を巡って……」

伝八が目をまるくして言う。

「あの残虐な押込みや辻強盗は世の中を不安に追いやり、その責任をお奉行にかぶせ、解任させるためかもしれぬ」

扇太郎はかっと目を見開いた。

「そういえば、最近は辻強盗も押込みもありませんね」

新吉はきいた。

「うむ。今までと比べると間隔は空いている。これから起こるかもしれぬが」

「もし、今の想像が当たっていたら、押込みも辻強盗も、そしてあっしを襲ってきた連中もみな同じ仲間ということになりませんか」

「そうだな」

「辻強盗のひとりは長身の侍だそうですね」

「そうだ。もうひとりも細身だ」

「そのふたりはあっしを襲ってきた侍に違いありません」

新吉は言い、

「そのふたりはあっしを襲ったとき、怪我をしています。特に細身の侍は右の二の腕に怪我をして刀を使えないはずです」

「押込みで、主人夫婦を斬り殺した侍が辻強盗も……」

扇太郎は憤然と言う。

「そうです。そのふたりが働けないので押込みも辻強盗も中断しているのです。傷が癒《い》えれば、またはじめるに違いありません」

「でも、さっき新吉を襲った侍はどこも怪我をしていないですぜ」

伝八が口をはさんだ。

「もともとの一味ではないかもしれません。あのような者がいれば、もっと早くにあっしの前に現れていたはずです。金で雇われた者ではないでしょうか。今までの侍よりはるかに腕が立ちました」

新吉は答え、

「『松本屋』の彦右衛門がすべての指揮をとっていたのではないでしょうか。もちろん、その後ろには茂太がいるのです」

と、想像を話した。

「茂太は笠木さまの競争相手である旗本の家来だな。しかし、押込み一味はまさか旗本の家来ではあるまい」

扇太郎は疑問を口にする。

「おそらく、茂太が雇った浪人だと思います。その浪人を彦右衛門に貸したのではないでしょうか。茂太と彦右衛門がどういう関係なのかわかりませんが、彦右衛門が押込みの頭かもしれません」

「彦右衛門を問い詰めたいが、素直に話すとは思えぬ。もう少し、彦右衛門を追い詰める何かが欲しいな」

扇太郎はいらだって言う。

「梶井さまは暗闇の定九郎という老盗人《ぬすっと》をご存じですか」

新吉は思いだして言う。

「暗闇の定九郎？　なんだ、その男は？」

「彦右衛門の用心棒だった荒木又十郎がその名を口にしたのです」

「旦那」

伝八が思いだしたように、

「確か、上州で押込みを働いていた一味がいたじゃありませんか。その一味の頭目が定九郎ではありませんでしたか」

「そういえば今年の春ごろ、定九郎が江戸に潜んでいるかもしれないと、御代官手付から奉行所に探索の依頼があった。結局は、見つけることは出来なかったが」

扇太郎は腕組みをした。

「その定九郎とはいくつぐらいなのですか？」

「五十過ぎだ」

「五十過ぎですか。暗闇の定九郎と同じぐらいですね」

新吉はさらに付け加えた。

「これは思いつきでしかありませんが、『松本屋』の先代の叔父《おじ》という孫兵衛とも重なりませんか」

「考えられる」

扇太郎は腕組みを解き、

「すると、『松本屋』の彦右衛門は定九郎の配下か」

と、興奮した。

「『松本屋』は定九郎一味の隠れ家かもしれませんぜ。一連の押込みは定九郎一味の仕業じゃありませんかえ」

伝八も部屋に上がり込んで訴えた。

「それに、定九郎一味には女がいたって言ってませんでしたっけ。押込みにはおこまという女がいることはわかっているんです」

「確かに、そう考えると、押込みは定九郎一味のような気がする。しかし、定九郎一味は押し入った先でほとんどひとを殺していないのではないか」

扇太郎が疑問を口にした。

「茂太です。茂太と名乗った男と定九郎はつながっているんです。茂太は一味に侍をふたり遣わせ、あえて残虐な押込みを演じさせたのです。世間を不安に陥れるために……」

新吉は想像を口にした。

「あのような残虐な手口から押込みを定九郎一味と結びつける者は誰もいないはずだ」

扇太郎は嘆息したあと、

「我が身の出世のためにひとの命を奪うとは……。許せぬ」

と、呻《うめ》くように言った。

「おそらく、押込み一味は押込み先から『松本屋』に逃げ込んだのではありませんか。そのための隠れ家です。その隠れ家を用意したのも茂太でしょう」

新吉は言い、

「それから、辻強盗《つじごうとう》が原田備後守さまの下屋敷に隠れていたとのことですが、それも茂太の手配だと思います」

「茂太は原田家と関わりがあるとでも？」

「そうです。そこに手掛かりがあります」

「手掛かりとな」

「はい、すべての中心にいるのは茂太を名乗った男。そして、その男の主人が黒幕です。その黒幕こそ、笠木嘉門さま亡きあと、町奉行の座にもっとも近い人物。そして、大名の原田家と親しいお方ではないでしょうか」

「なるほど」

「そこから、黒幕の正体に見当をつけることが出来ます」

「…………」

扇太郎は押し黙った。

「梶井さま、どうかなさいましたか」

「黒幕は旗本だ。奉行所はよほどの証《あかし》がなければ……」

「動けないのですか」

「そうだ。我らが関わることが出来るのは押込み一味と辻強盗の捕縛だ。その背後にいる黒幕までは……」

扇太郎は無念そうに唇を噛《か》んだ。

「しかし、黒幕を見つけ出すことは出来るではありませんか。黒幕を知れば、押込みと辻強盗の真相に辿《たど》り着けそうです。ともかく、黒幕を」

「わかった」

「それから、『松本屋』の彦右衛門から目を離さぬようにしませんと」

「すぐ手を打つ。それより、そなたのほうだ」

扇太郎は表情を曇らせ、

「さっきの侍、また襲ってくるだろう」

「ええ」

「素手で立ち向かえる相手ではなさそうだ。かといって、新吉が刀を差して動き回ることも出来ぬ。奉行所で護衛をつけるか」

「いえ、だいじょうぶです。いざというときは逃げます」

「十分に気をつけてな」

扇太郎は立ち上がって土間に下りた。

「梶井さま」

新吉は呼び止めた。

「なんだ？」

「これは奇策ですが……」

「言ってみろ」

新吉は思いついた考えを述べた。

扇太郎は押し黙った。

「考えてみる」

ようやく扇太郎は口にし、戸口に向かった。伝八が戸を開けたとたん、激しい雨音が聞こえた。雨が強く降り出してきた。

「梶井さま。傘を」

新吉は声をかけた。

「よし、借りていく」

「親分も」

「二本も借りると、新吉が困るだろう」

「なに、あっしはなんとかなります。梶井さまと親分は帰りが遠ございますから」

「すまねえ」

伝八も唐傘を手にした。

ふたりが引き上げたあと、新吉は笠《かさ》をかぶり、合羽《カッパ》を羽織って土間を出た。

『桔梗家』に着くと、お琴が出かけるところだった。

「あっ、新さん。これから姐《ねえ》さんの迎えに」

「まだ、御座敷は終わっていなかったのか」

「ええ。半刻《はんとき》（一時間）延びたんです」

「そうか。ちょうどよかった。あっしが行ってくる」

新吉はそのまま土間を出て、『武蔵屋』に向かった。

三

雨の中、扇太郎は向島から南町奉行所に戻り、年番方与力の木戸文左衛門に面会を求めた。

文左衛門は自分の机のそばで話を聞こうとしたが、扇太郎は小声で、

「木戸さまとふたりだけで」

と、申し入れた。

扇太郎の様子に何かを感じたのか、文左衛門はすぐ空いている小部屋に移動した。

差し向かいになり、扇太郎は切り出した。

「探索の結果、辻強盗の侍はふたりとも押込み一味ではないかという疑いが濃くなりました」

「なに、辻強盗と押込み一味が同じ？」

「はい」

「どういうことだ？」

「その前にお伺いしたいのですが、うちのお奉行が交替するという話はあったのでしょうか」

「なぜ、そのようなことを？」

「このことが辻強盗や押込みと関わっているかもしれないのです」

扇太郎は文左衛門の困惑した顔を見つめ、

「いかがでしょうか」

と、催促した。

「その話は出ていた」

「やはり、出ていたのですか」

「うむ」

「で、後任にどなたが？」

「そんなことが事件の解明に必要なのか」

「はい。どなたでしょうか」

「………」

文左衛門は言いよどんだ。

「勘定奉行の笠木嘉門さまではないですか」

扇太郎はずばり言う。

「どうしてそれを？」

「笠木さまが亡くなり、代わりがいなくなったので、お奉行は続けることになったのですか」

「いや、後任にはふたりの候補がいたようだ」

「もうひとりいたのですね」

「いた」

「どなたですか」

「小普請組支配の八巻貞清《はちまきさだきよ》さまだ」

「八巻貞清さま……」

扇太郎はすぐに続けて、

「なぜ、八巻さまが後任にならなかったのですか」

「お奉行がご老中にしばらく続けたいとお願いしたそうだ」

「なぜ、ですか」

「笠木さまがお亡くなりになったからだ」

「笠木さまは病死ということになっていますが。だから、ふつうなら、八巻さまが後任になるのでは？」

「お奉行は八巻さまが後任になることを望んでいないのだ」

「望んでいない？」

「そうだ。八巻さまには贈賄など、幾つかの不正の疑いがあった。そのことから町奉行にふさわしくないと思われているのだ。それで、しばらく続けたいと願い出た。ご老中はあくまでも交替をさせるつもりでいたようだが、他の老中がお奉行の願いを聞き入れ、今も続けている」

「そういうわけでしたか」

扇太郎は頷《うなず》いた。

「どういうことだ？」

「一連の押込みと辻強盗《つじごうとう》はお奉行の失脚を狙ったものと思われるのです」

「なんだと？」

文左衛門は目を剝《む》き、

「まさか、八巻さまが……」

「はい」

「扇太郎。そなたは自分で何を言っているのかわかっているのか」

「わかっております」

「いや、わかっていない。そなたは小普請組支配の八巻さまが押込みと辻強盗をやらせていると言っているのだ。こんなこと、外に漏れてみろ。ただではすまない」

「はい」

扇太郎は受けて立つように応じる。

「証《あかし》はあるのか」

「ありません」

「証がないだと」

文左衛門は呆《あき》れたように、

「証もなく、八巻さまに疑いを向けるとは……」

「ただ、状況を考えれば」

「状況だと。そんなもの、何の役にも立たぬ」

「八巻さまと原田備後守さまは何か関わりがおありではありませんか」

「原田備後守さまの下屋敷に辻強盗が潜んでいたと言っていたな」

「はい」

「関わりがあるかどうかわからぬ」

「調べていただけませんか」

「ばかな」

　文左衛門は吐き捨て、

「八巻さまと原田家を敵に回して、今後どうなるかわかるのか。あれから原田家のことを調べたが、備後守さまとご老中は親しい仲だそうだ。原田家が老中にあることないことを吹き込んだらどうなる、お奉行が迷惑を被るだけだ」

「木戸さま。上州から江戸に逃げてきた盗賊の定九郎を覚えていらっしゃいますか」

「御代官手付から探索を頼まれたが、見つからなかった」

「はい。定九郎一味が茂太を名乗った男から遣わされた侍ふたりと共に残虐な押込みを繰り返し、さらにその侍ふたりが辻強盗を働いていたというのが私の見方です」

「茂太を名乗った男は八巻さまに縁がある者だと言いたいのだな」

「はい。今、その侍ふたりはあることで怪我をしたため、押込みや辻強盗が中断しています。ですが、傷が癒《い》え次第、再び暴れ回るでしょう。そうなったら、八巻さまの意を受けた者たちが押込みを捕まえられないでいるお奉行に非難の目が行くように騒ぎたてるでしょう」

「扇太郎」

文左衛門はいらだちを抑え、

「仮に百歩譲ってそなたの考えが正しいとしよう。それで、どうするのだ？　八巻さまを取り調べるのか。当然、八巻さまは否定なさるだろう。否定されたら何も出来まい。それで終わりか」

「それでも牽制《けんせい》になるかもしれません。こっちが真相を摑《つか》んでいると知ったら、警戒し、自重するのでは」

「…………」

「どうか、お奉行にも私の意見を……。ことはお奉行の身にも及ぶことなのです。どうか、私の考えをお伝えください。それで、お奉行が私の考えを否定されたら、私は考えを引っ込めます」

「わかった。いいだろう。お奉行に伝えておく」

「ありがとうございます」

扇太郎は文左衛門の前を辞去し、同心詰所に戻った。

相変わらず、雨は降り続いていた。扇太郎は唐傘を差して、長谷川町の町田十兵衛の住む長屋に行った。

腰高障子を開けると、十兵衛は部屋の真ん中で目を閉じていた。傘張りの内職をしていた様子はなかった。

「これは梶井どの。このような雨の中を」

扇太郎は唐傘を閉じて雨水を払い、土間に入った。

十兵衛が声をかけた。

「少しよろしいか」

腰から刀を外して、扇太郎は上がり框《がまち》に腰を下ろした。

「何か」

十兵衛が警戒するように言う。

「じつは先日、町田どののあとをつけた。すると、霊岸島の大川端町の長屋に入って行かれた」

「俺としたことが」

十兵衛は渋い顔をし、

「つけられていたことにまったく気づかなかった」

「見失ってもかまわないと、かなり離れてついていったので。運がよかったのでしょう」

「…………」

「お小夜さんとはどのような関係なのでしょうか」

「そこまで調べたのか」

「申し訳ありません。町田さまのことが気になりまして」

「俺の何が気になるのだ？」

「なんとなくです」

気になっていたのは刀を売ったことだ。その金をどうしたのか。

「お小夜さんには病気の娘がいるそうですね」

「うむ」

「何か事情がおありでは？　私に出来ることがあれば……」

「いえ、もうだいじょうぶだ」

「だいじょうぶとは？」

「娘も直に快方に向かう」

「そうなんですか。それを聞いて安心しました」

扇太郎はほっと溜《た》め息をもらしてから、

「町田どののお子では？」

「違う」

　十兵衛はきっぱりと否定した。

「どういうご関係で？」

「そなたに話す謂《いわ》れはない」

「もっともです。なにはともあれ、町田どののあとをつけたことだけはお伝えしたほうがいいと思いまして。お邪魔しました」

　扇太郎は立ち上がった。

　そのとき、壁際に立てかけてある刀に目が行った。先日見かけた竹光の刀と微妙に異なるように思えた。

重厚な感じがする。本身が入っているのではないか。十兵衛がこっちを見ていた。

「きょうは傘張りの内職は？」

刀のことをきこうしたが、十兵衛の眼光が拒んでいるように思えた。

「やめた」

「やめた？」

「あまり金にならぬのでな」

十兵衛は口元を歪《ゆが》めた。

「そうですか。では、他に何か」

「口入れ屋に当たっている」

「そうですか」

扇太郎は挨拶《あいさつ》をして土間を出た。

唐傘を差し、雨の中を帰って行った。

翌日、未明に雨は止んだ。扇太郎と伝八は雨でぬかるんだ道に閉口しながら神田佐久間町の『松本屋』の並びにある薪炭問屋『小《こ》牧屋《まきや》』を訪ねた。

客間で小牧屋と向かい合ってから、

「『松本屋』のことできききたい」

と、扇太郎は切り出した。

「はい」

「そなたは『松本屋』の先代とは親しかったのだな」

「はい。幼なじみでした」

「『松本屋』は親戚《しんせき》が少ないようだが」

「はい。先々代がたったひとりで立ち上げた店ですが、先々代には身内がいなかったようです」

「先々代はどのような男だ？」

「偏屈な感じのお方でした。でも、品物の目利きに関してはたいへんなもので、大身の旗本や大名からもいろいろな品物の鑑定を頼まれていたそうです」

「今の主人の彦右衛門は先々代の妾《めかけ》の子ということであったが、知っていたか」

「いえ、知りません」

「先代も知らなかったのだろうな」

「はい。知らなかったはずです。自分が死んだあとに現れて、さぞかしあの世で驚いていることでしょう」

「先代は心ノ臓の発作ということだったが、その死に疑いはなかったのか」

「はい。もともと心ノ臓は悪かったそうです。俺はいつぽっくり逝《い》くかわからないと、自分でも言ってましたから」

「そうだとしたら、万が一に備え、後継ぎを考えておかなかったのか」

「もちろん考えておられました」

「誰だ？」

「どこぞから養子をもらうつもりだったようです。ところが、内儀《かみ》さんが家を出て行ってしまったために、その計画もだめに。なにしろ、内儀さんがいなくなると、先代は死んだようになって。心ノ臓の発作も、内儀さんの家出が大きかったと思っています」

「後継者を彦右衛門に決めたのは先々代の弟の孫兵衛だそうだが」

「そうです。孫兵衛さんがはっきり皆の前で言ったのです」

「孫兵衛のことを以前から知っていたのか」

「いえ、通夜のときにはじめて知りました」

「それなのに、なぜみな先々代の弟だということを信じたのだ？」

と尋ねた。

「それは、先々代から付き合いのある旗本の八巻さまのご用人がそう仰《おつしや》ったからです」

「旗本の八巻貞清さま？　間違いないか」

「ええ」

「旦那《だんな》」

伝八が顔を向けた。

「うむ、繋《つな》がったな」

扇太郎は勇んできいた。

「もし、ご用人どのが何も言わなかったらどうなったと思うか」

「後継ぎがいないまま、番頭をはじめ奉公人が一体となって店を続けていくつもりでいたようです。ご用人が口出しをしなければ、そうなっていたでしょう」

小牧屋は不満そうに言う。

「今の主人はどうだ？」

「ほとんど付き合いはありません。奉公人も一変してしまっていますし、私が知っている『松本屋』さんではありませんから」

「そうか」

扇太郎はふと思いついてきいた。

「『松本屋』に浪人や遊び人ふうの男が出入りをしているのを見たことはないか」

「いつぞや見ました。あの店はいかがわしい連中の溜《た》まり場になっているのではないかと思ったものです。若い女もいたようですし」

「若い女だと？」

「はい。小柄な女だそうです。これはうちの奉公人が見たのですが」

「間違いないのか」

「間違いありません」

「それにしても、なぜ、『松本屋』の出入りの者を見ていたのだ。近所の者からそのような話を聞かなかったが」

伝八が口をはさんだ。

「じつは帰りが遅かったとき、裏通りに数人の男を見つけたのです。怪しい雰囲気だったので、あとをつけたら『松本屋』の裏に消えました。彦右衛門の代になってから、『松本屋』に不審を覚えていたので、用心のためにうちの奉公人に夜に裏口を見張らせたのです。怪しい者がたむろしているとなると、こっちだって安心出来ませんからね」

小牧屋は『松本屋』の彦右衛門に批判的なようだ。

「浪人や若い女が入っていくのを、そなたが見たわけではないのだな」

「はい。でも、私は奉公人を信頼しています。嘘をつくはずはありませんし、またその必要もありません」

「そうか。そなたの気持ちもわかる」

扇太郎は小牧屋の言い分に理解を示した。

「また何かあったらききにくる」

礼を言い、扇太郎は『小牧屋』をあとにした。

並びにある『松本屋』の前を素通りする。薄暗い店に、誰もいなかった。

「新吉の言うとおりにやってみるか」

扇太郎にはそれしかないように思えた。

「やるんですか」

伝八がきいた。

「ぐずぐずしていたら、彦右衛門に逃げられてしまうかもしれぬ。彦右衛門を見張ってくれ。俺は奉行所に行ってくる」

「わかりました」

伝八と別れ、扇太郎は奉行所に戻った。

木戸文左衛門に会い、『松本屋』の彦右衛門について新たにわかったことを話し、逃亡の恐れがあるので捕縛したいと申し入れた。

数人の捕り方の小者を伴い、扇太郎は神田佐久間町に戻った。

物陰から伝八が出てきた。

「どうだ？」

「いるようです」

「よし」

捕り方を二手に分けて『松本屋』の裏口と表に配置をし、扇太郎は伝八と店に向かう。

「いよいよですね」

伝八が緊張した声を出した。

暖簾《のれん》をくぐって土間に入る。店には誰もいない。

「誰かいないか」

伝八が奥に呼びかける。

手代ふうの男が奥から出て来た。

「彦右衛門に会いたい。呼んでもらおう」

手代が奥に消えたあと、すぐに彦右衛門が渋い顔で出てきた。

「まだ何か」

「ちょっと確かめたいだけだ。そなたは先々代の妾《めかけ》の子ということであったな」

扇太郎が確かめる。

「それが？」

「どうなのだ？」

「そうです」

「それを証《あか》すものはあるか」

「そんなものはありません」

「すると、そなたがほんとうに『松本屋』の後継者にふさわしいかどうかわからないことになるな」

「そんなことありません。先々代の弟の孫兵衛さんがはっきり仰ったんですからね」

「その孫兵衛はどこにいる？」

「わかりません」

「なぜ、わからないのだ」

「聞いてないので」

「なぜ、聞かないのだ？　いわば孫兵衛はそなたの後見ではないのか。孫兵衛と会う必要はないのか」

「特には」

「その孫兵衛にも疑惑がある。ほんとうに先々代の弟なのか。じつは誰も孫兵衛を知らないのだ」

「あまり、人前に出ないようですから知らないのも無理は……」

「そなたは知っていたのか」

「いえ」

「で、孫兵衛の言うことを素直に信じたのか」

「そうです」

「偽者だと思わなかったのか」

「嘘をつく必要はありませんから」

「ある」

「えっ？」

「そなたを先々代の血を引く者として『松本屋』に送り込むためだ」

「なぜ、そんなことを？」

「『松本屋』を乗っ取るためだ」

「ご冗談でしょう」

「孫兵衛の正体は謎だ。ほんとうに先々代の弟か、疑わしい。その孫兵衛から名指しされたそなたにも当然疑いがかかる。自身番に来てもらおう」

「冗談ではありません。どんな疑いですか」

「さっきから言っている。『松本屋』の乗っ取りだ」

「ばかな」

　彦右衛門が叫ぶ。奉公人たちが集まって来た。

「騒ぐな。あとでおまえたちからも話を聞く。逃げたら、彦右衛門の疑いを認めたと断じる」

　奉公人を一喝し、扇太郎は彦右衛門を自身番に連れて行った。目に憎悪の色を浮かべ、彦右衛門は厳しい顔で町中を歩いていた。

四

その日の夕方、新吉が唐桟《とうざん》の着物に博多献上帯を締め、紺の股引《ももひ》きの尻《しり》を端折《はしょ》って土間に下りかけたとき、ごめんくださいましと声がして戸が開いた。見知った顔だ。伝八の手下だと気づいた。

「伝八親分の使いで参りました。きょうの昼前、『松本屋』の彦右衛門を店乗っ取りの疑いで捕縛し、今南茅場町《みなみかやばちょう》の大番屋に留《とど》めています」

「そうですか。捕まえましたか。わかりました。ごくろうさまです」

「では、あっしは」

手下は引き上げていった。

新吉は複雑な思いで、『桔梗家』に行った。

居間で、お波が長火鉢に炭をくべていた。

「新さん、寒いだろう」

「ええ、夕方になってめっきり冷え込んできました」

新吉は応じてから、

「お琴ちゃんは？」

と、きいた。

「踊りのお稽古《けいこ》」

十日に一度、『武蔵屋』に花柳《はなやぎ》流の踊りの師匠がやってきて稽古をつける。お琴はそこに参加をしているのだ。

階段を下りてくる足音がし、髪結いとお葉がおりてきた。

髪結いがお波に挨拶《あいさつ》して引き上げたあと、島田《しまだ》髷《まげ》に結ったお葉が居間に入ってきた。

「どうしたの、新さん」

いきなり、お葉がきいた。

「何がですかえ」

「なんだか屈託がありそうな顔だから」

「そうですかえ」

思わず、新吉は顔に手を当て、

「姐《ねえ》さん、じつはとんだことに」

と、口にした。

「なに？」

お葉は切れ長の目を向けた。

「へえ。『松本屋』の旦那《だんな》が捕まりました」

「えっ？」

「新さん、どういうことだえ」

お波も表情を変えた。

「先々代の弟の孫兵衛というひとが、先々代の妾《めかけ》の子ということで彦右衛門さんを『松本屋』の後継ぎにしたそうですが、孫兵衛も彦右衛門さんも『松本屋』とは何ら関係ないらしいのです」

「でも、何のために？　骨董屋《こっとうや》の『松本屋』が欲しかったという理由だけでないのでしょう。だって、新さんを……。いったい、あの旦那の素性は何なの？」

「それもこれからの取調べで明らかになると思いますが」

新吉はそれ以上は踏み込まず、

「もう、『松本屋』の旦那が向島にやって来ることはないでしょう」

「残念だけど……」

お葉は厳しい顔で頷《うなず》く。

戸が開いて、お琴の声が聞こえた。

「ただいま」

「お帰り」

お波が声をかける。

お琴が居間に現れた。

「あっ、新さん、よかった」

お琴がほっとしたように、

「これを預かったの。新さんに渡すようにと」

お琴は文を差し出した。

新吉は受け取って結び目を開く。

「これをどんなひとが？」

「編笠《あみがさ》をかぶった背の高いお侍さんです」

「どこで？」

「『桔梗家』の前で」

「新さん、何なの？」

お葉がきく。

「なんでもありません」

新吉は言い、

「姐さん、そろそろ着替えましょうか」

と、腰を上げた。

お波に切り火をしてもらい、お葉は『桔梗家』を出た。

「今夜は『天野屋』の旦那ですね」

「ええ」

「また、柳橋の芸者さんを連れてくるのでしょうか」

「そうでしょうね。それより、新さん、さっきの文だけど、何て書いてあったの？」

「何でもありません」

「そんなことないわ。新さん、また危ない目に……」

「姐さん、心配いりませんよ」

新吉は安心させるように言う。

「姐さんはそんなこと気にせず、ちゃんとお座敷のお務めを」

「ええ」

『桜家』に着き、お葉を見送ったあと、新吉はすぐに自分の家に戻った。

部屋に上がり、柳行李《やなぎごうり》の底から刀をとり出した。十八歳のときの御前試合で一等になったときに殿から賜った国貞《くにさだ》の名刀である。

侍をやめた今もこの刀だけは捨てることが出来なかった。目《め》釘《くぎ》を確かめ、新吉は立ち上がった。

水戸家下屋敷の裏手にある常泉寺《じょうせんじ》にやってきた。文には、暮六つ（午後六時）に常泉寺にて待つとだけ書かれていた。

山門をくぐり、本堂のほうに向かう。石灯籠《いしどうろう》の明かりが寒々と輝いていた。境内には人気《ひとけ》がなかった。

山門まで戻る。すると、編笠をかぶった長身の侍が現れた。近づくと、侍は踵《きびす》を返した。新吉は刀を腰に差してあとを追う。ついてくるのを確かめるように、侍は途中で振り返った。

編笠の侍は寺の脇を通って裏に出た。野原だ。

そこの真ん中辺りで、侍は立ち止まった。新吉は間近まで行き、足を止めた。

「ここなら邪魔は入らぬ」

編笠の侍は剣を抜いた。

「誰に頼まれたんだ？」

新吉は問い詰める。

「言う必要はない」

「『松本屋』の彦右衛門か、それとも武士か」

武士とは茂太を名乗った男のことだ。

「どっちだ？」

「答える必要はない」

侍は剣を抜き、正眼に構えた。

新吉も静かに抜いた。

「ひとつききたい。頼んだ相手がどんな目的であっしを亡きものにしようとしてるのか知っているか」

「知る必要はない」

「そんな立派な剣と腕を持ちながら使い道を誤るとは……」

「覚悟」

侍は上段から斬りかかろうとした。だが、相手の動きが止まった。

「どうした？　斬り込んでこないのか」

新吉は口に出す。

「そなたは武士だったのか」

「昔のことだ」

新吉は答え、

「さあ、攻めてこい。こなければこっちから行く」

と、叫ぶ。

「おのれ」

相手が斬りかかってきた。その剣を弾《はじ》く。何度か剣を交えて、相手の剣先が新吉の袂《たもと》を裂き、新吉の剣は相手の襟を掠《かす》った。

「なぜ、この仕事を引き受けた？　金か」

「…………」

「ここで命を落としたらせっかくの金も無駄になる」

「無駄にはならぬ」

相手は裂帛《れっぱく》の気合いで斬り込んできた。その剣を鎬《しのぎ》で受け、押し返す。再び、鍔《つば》迫《ぜ》り合いになった。

そして、両者が離れたとき、相手は肩で息をしていた。

「これ以上やっても無駄だ」

新吉は言う。

「お侍さんはあっしを斃《たお》そうと襲ってくる。だが、こっちはお侍さんを斬る気はない。ただ攻撃を避《よ》けるだけ。疲れはお侍さんのほうが大きいですぜ。このまま続けたら、お侍さんは疲労困憊《こんぱい》で倒れるだけ」

「…………」

「どうだ？」

相手は正眼に構えたまま、呼吸を整えている。

「前金を受け取ったのか」

「…………」

「平気でひとを殺す押込みや辻強盗《つじごうとう》の仲間になって得た金を何に使ったのだ？」

「俺はそんな仲間ではない」

「いや、その背後にいる男からあっしを殺す依頼を受けたはずだ」

「作り話はよせ」

侍は激しく言う。

「やはり、そういう事情を知らずに引き受けたのか」

新吉はため息をついた。

「お侍さんの前にあっしを襲ってきたのは押込みと辻強盗をしている浪人だった。あの浪人たちの血を吸った剣とお侍さんの剣は違う」

「…………」

「お侍さんはほんとうに押込みや辻強盗の仲間じゃないんですね」

新吉は言葉づかいを変えた。

「違う。ほんとうだ」

侍は剣を下ろした。

「ある男から頼まれた。新吉という男を斬ってくれたら十両を出すと。そのとき、俺が骨董屋《こっとうや》に売った刀を取り戻してくれた」

「骨董屋？　どこですか」

「神田佐久間町にある『松本屋』だ」

「『松本屋』に刀を売ったのですか」

「どうしても金が必要だった。それからは竹光を差していたが、その男は俺が刀を『松本屋』に売ったことを知っていたのだ」

「名は？」

「名乗らなかった」

「その男の特徴は？」

「三十歳ぐらいのきりりとした顔立ちの男だった。遊び人ふうの恰好《かっこう》をしていたが、武士かもしれない」

「そうですか」

茂太と名乗った男と特徴はいっしょだ。

「お侍さん。何のために入り用な金だったのですか」

「…………」

「ひょっとして人助けですかえ」

侍は苦しそうな顔をした。

「仮にそうだとしたら、汚れた金でひとを助けることなど出来ませんぜ。まっとうに働いた金じゃなきゃ、助けられたほうだって喜びはしませんよ」

「おぬしの言うとおりだ」

侍は俯《うつむ》いた。

「依頼主の男と会うことは出来るのですか」

「いや、向こうから近づいてくるだけだ。おそらく、俺の失敗を責めにくるだろう。いや、口封じに出るか」

「口封じ……」

「もっとも俺は何も知らないからそこまでするとは思えないが」

「そうですか。お願いがあるのですが」

「何か」

「その男と会ったとき、相手の素姓をきいていただけませんか。おそらく、喋《しゃべ》らないでしょうが」

「わかった。俺の名は……」

編笠《あみがさ》をとろうとしたのを、

「お待ちください」

　と、制した。

「名もお顔も知らないままで」

「天照寺に現れた同心は俺を知っているのだ。あの同心はそなたから今の話を聞けば俺だとわかるはずだ」

「いえ、梶井さまには襲われたのはあのときだけだと話しておきます。ただ、依頼主の男のことで何かわかったら、あっしに知らせに来ていただけますかえ」

「わかった」

「では、お引き上げになったほうが」

「すまぬ」

侍はそのまま暗闇の中に消えて行った。

帰り道にある茂助の家に寄った。

茂助は夕餉《ゆうげ》をとっていた。

「とっつぁん、頼みがあるんだ」

「なんだえ」

「舟を出してもらえないか」

「お安いごようだ。どこまでだ？」

「南茅場町の大番屋に行きたいんだ」

「わかった。これからか」

「飯を食い終わってからでいい」

新吉は刀を持ったまま、『桔梗家』に行った。お琴に、お葉の迎えを頼み、船着場に向かった。

それから四《し》半刻《はんとき》（三十分）後、新吉は茂助の漕《こ》ぐ舟で大川を下った。

五

その頃、扇太郎は彦右衛門の取調べをしていた。芝方面を受け持っている同心の森内哲之進も同席していた。

彦右衛門は頑として口を割ろうとしなかった。

「おまえは、『松本屋』に入る前に芝にいたというが、そのような形跡はなかった。芝にいたというのは嘘なんだな」

「嘘じゃありません」

莚《むしろ》の上に後ろ手に座って、彦右衛門が言う。

「では、どうして誰もおまえのことを知らないのだ？」

「あまりひとに顔を晒《さら》さないので」

「苦しい言い訳だ」

扇太郎は嘲笑《ちょうしょう》を浮かべ、

「おまえは上州にいたのではないのか」

と、切り込む。

「違います」

「盗人《ぬすっと》の定九郎を知っているな」

「知りません」

「とぼけてもだめだ。孫兵衛と名乗った男が定九郎だ」

「違います。孫兵衛さんは……」

「『松本屋』の先々代には弟はいないそうだ」

「嘘です」

「残念だな。じつは姿を消していた内儀が見つかったのだ」

「そんなはずはありません」

「どうしてだ？」

「内儀は客の男といっしょに遠くに……」

「それが見つかったのだ」

「そんなはずはありませんぜ」

「では、明日、ここに呼ぶ。内儀の口から、おまえたちの嘘が明らかになるだろう」

「汚いですぜ」

彦右衛門は口元を歪《ゆが》めた。

「何が汚い？」

「関係ない女を連れてきて、内儀の振りをさせるつもりじゃないんですかえ。そんなことが通用するものか」

「心配ない。本人は本物だと言っている」

「そんなわけないでしょう。内儀はとうに死んで……」

彦右衛門ははっとしたように口を閉ざした。

「なんだ、とうに死んでいる？」

「いえ、今まで見つからないのだから死んでいるんじゃないかと」

「さっきは、内儀は客の男といっしょに遠くにと言っていたではないか」

「……」

「やはり、そうか。『松本屋』の内儀はおまえたちが殺したのだな」

「そんなことしませんぜ」

「ほんとうのことを言うのだ。おまえたちは、まず内儀を殺し、それから先代も病死に見せかけて殺した」

「ほんとうの心ノ臓の発作だ」

「そなたたちが殺したも同然だ」

「違う」

「内儀の亡骸《なきがら》をどこに隠した？」

「知りませんよ」

扇太郎は苦笑し、

「やはり、しぶとい。さすが、定九郎一味のお頭だ」

「冗談は言わないでくださいな」

「そなたが定九郎一味の者だというのはわかっているのだ。そして、今は定九郎に代わって一味をそなたが率いている」

「定九郎なんて、聞いたことはありません」

「とぼけても無駄だ」

「どこに証《あかし》があるんですかえ」

「そのうちわかる」

「どういうことですかえ」

「自分の置かれた状況を見れば、今後どうなるかわかるはずだ」

「…………」

「それより、押込み一味に真中源蔵と荒木又十郎という浪人が加わっていたな。そのふたりはもともとの仲間ではあるまい」

「そんな浪人知りません」

「荒木又十郎はそなたの用心棒だったはずだが？」

「そうです。それだけの関係です」

「しかし、そなたの用心棒であるはずの荒木又十郎は向島の箱屋の新吉を襲撃した。新吉を襲うことはそなたも知っていたのだな」

「知りません。あの浪人が勝手にやったこと」

「真中源蔵と荒木又十郎は辻強盗《つじごうとう》もしている。どうして、こんな凶暴な侍が定九郎一味に加わるようになったのだ？」

「そんなこと知りません」

「小普請組支配の八巻貞清さまの指示ではないのか」

「そのようなお方、知りません」

「妙だな。八巻さまは先々代から付き合いがあるそうではないか。孫兵衛が先々代の弟だと認めたのは八巻さまの用人だそうではないか。その孫兵衛がそなたを先々代の妾《めかけ》の子だと口添えした」

「私にはさっぱりわかりません」

「ここまで話してもまだ認めないのか」

扇太郎は溜《た》め息をつき、

「仕方ない。待とう」

「待つ？」

「そうだ。そうすればそなたも目が覚めるはずだ」

「…………」

そのとき、戸が開いた。

「新吉、どうした？」

扇太郎が声を出した。

新吉は日本橋川の茅場町に近い船着場で陸《おか》に上がり、大番屋に駆け込んだのだ。

「梶井さま。定九郎が危ない」

新吉が叫ぶ。

「孫兵衛が？」

「ええ、彦右衛門さんより、まず定九郎です」

「新吉、何のことだ？」

彦右衛門が声を絞り出すようにきいた。

「梶井さま、ちょっとよろしいですか」

そう断り、新吉は彦右衛門の前に膝《ひざ》をついた。

「旦那《だんな》、孫兵衛を名乗った定九郎の命が危ない。住まいを教えていただけませんか」

「おまえさんが何を言っているのかわからない」

「定九郎は小普請組支配の八巻貞清さまの家来の茂太という男から市中の治安を悪化させるように依頼を受けた。そして、定九郎からの指示のもと、あなたが一切を差配した」

「出《で》鱈目《たらめ》だ」

「旦那、よく聞いてください。旦那の役目はすでに失敗したのです。これ以上、押込みも辻強盗も続けることは出来ません。ようするにもはや用済みなんです。いえ、存在そのものが邪魔です」

新吉は間を置き、

「茂太は自分たちを守るために、口封じをするはずです。定九郎とあなたのふたり」

「まさか」

彦右衛門は目を剝《む》いた。

「はじめからあなた方は利用されていたんです。いざとなれば、あなた方を見捨てるのは平気です」

「…………」

彦右衛門は口をわななかせた。

「定九郎の住まいを教えてください。あなたが捕縛されたと知り、すでに行動に移しているかもしれません」

「彦右衛門、言うのだ」

扇太郎が迫る。

「築地明石町《つきじあかしちょう》の町外れの一軒家にいる」

「築地明石町ですね」

新吉は立ち上がった。

「これから行ってみます」

「俺も行く」

扇太郎は森内哲之進に声をかけた。

「森内さま、ここをお願いいたします。彦右衛門を狙って賊が押しかけるかもしれません。十分に気をつけて」

「わかった」

森内は厳しい顔で応じる。

新吉は扇太郎と伝八といっしょに大番屋を飛び出し、船着場に向かった。

半刻《はんとき》（一時間）後、新吉たちは明石町の町外れの一軒家の前にやって来た。

「ここに間違いない」

扇太郎は言い、戸口に向かった。静かだった。

扇太郎が戸に手をかけた。すっと開いた。

「誰かおらぬか」

土間に入り、扇太郎は声をかけた。

「これは……」

新吉は呟《つぶや》く。

「血の匂いだ」

扇太郎は叫んで部屋に駆けあがった。

奥の部屋に行く。行灯《あんどん》が灯《とも》っていた。その明かりに横たわっている年寄りを見つけた。畳に血が流れていた。

「遅かったか」

扇太郎が嘆息した。定九郎に違いない。

新吉はひとの気配を感じ、廊下に出た。雨戸が開いていた。庭の石灯籠《いしどうろう》の横に黒覆面に黒装束の男が立っていた。

賊は口に何かを当てた。次の瞬間、風を切って矢が飛んできた。新吉は刀で弾《はじ》き飛ばした。さらに、続けて飛んでくる矢を打ち払った。

その間に、賊は暗闇に消えた。新吉は追いかけ、裏口を飛び出した。賊は疾走した。新吉も全力で走った。

川っぷちを背に、賊が待っていた。

「茂太か」

新吉は叫んだ。

「今度こそ死んでもらう」

茂太は剣を抜いた。

「おまえは小普請組支配の八巻貞清さまの家来か。己の野望のために罪のない人々を殺していった残虐非道さを許さぬ」

新吉は八相に構えた。

茂太が剣を肩に担ぐように構え、突進してきた。新吉も踏み込んだ。相手の剣が振り下ろされた。新吉も剣を薙《な》いだ。お互い行き過ぎてから立ち止まった。すぐ振り返った。

相手は向こうむきのままくずおれた。新吉は駆け寄り、賊の覆面を剥《は》いだ。新吉はあっと声を上げた。茂太ではなかった。

そのとき、またも吹き矢が飛んできた。新吉は矢を払い、飛んできたほうに目をやった。くらがりにひとの気配が消えるのを感じた。

扇太郎が駆けつけた。

「倒したのか」

「肝心な男を逃しました」

「ここはあとで片づけさせる。戻ろう」

部屋に戻ると、伝八が隣の部屋から呼んだ。そこに行くと、若い女が倒れていた。

気を失っていたようで、扇太郎が抱えおこすとようやく女は目を開けた。

とたんに悲鳴を上げた。

「八丁堀だ。落ち着け」

「お頭……」

女が叫ぶ。

「定九郎は死んだ」

女は嗚咽《おえつ》を漏らした。

「おこまか」

扇太郎は確かめた。

女は頷《うなず》いた。

伝八にあとを任せ、新吉と扇太郎は南茅場町の大番屋に戻った。

「一歩遅かった」

扇太郎は無念そうに言った。

「お頭が……」

彦右衛門は茫然《ぼうぜん》と呟いた。

「おこまという女は無事だった」

「お頭……」

　彦右衛門は肩を落とした。

　数日後、扇太郎と伝八は新吉の家を訪ねた。

「彦右衛門が何もかも話した。定九郎一味全員に真中源蔵と荒木又十郎も捕らえた。それから、内儀の亡骸《なきがら》は『松本屋』の庭に埋められていた」

　扇太郎は溜《た》め息をつき、言った。

「だが、黒幕と会っていたのは定九郎だけで、八巻貞清さまとの関わりはわからないままだった」

「そうですか。これで、またも茂太と名乗った男に逃げ果《おお》せられてしまいました」

　新吉は無念そうに言う。

「結局、定九郎一味は黒幕にいいように利用されただけだ」

　扇太郎は口元を歪《ゆが》めた。

「いちおう押込みと辻強盗《つじごうとう》を解決出来た。新吉のお蔭《かげ》だ。礼を言う。ただ、天照寺でそなたを襲った侍はわからず仕舞いだ」

「あれは今回の事件とは関係なかったのでしょう」

「そうかもしれぬな。では、また」

扇太郎と伝八は新吉の家を辞去し、向島から長谷川町にやって来た。

だいぶ陽は傾いていた。長屋木戸を入り、町田十兵衛の家に行った。留守だった。

諦《あきら》めて長屋木戸まで引き上げたとき、十兵衛と出会った。

「今、町田どのの家に」

「それは申しわけござらん。仕事に出ていたので」

「仕事は何を？」

「剣術道場の師範代として雇ってもらえたのだ」

「それはようございました。それでお腰の物も？」

「そうだ。竹光では恰好《かっこう》がつかぬので、買い戻した。さあ、寄っていかないか」

「いえ。辻強盗が捕まったので、そのことをお知らせにきたまでで」

「そうか。捕まったのか。よかった」

「では、また」

扇太郎と伝八は十兵衛と別れ、奉行所に向かった。

その夜、御座敷の帰りに、新吉とお葉は三囲稲荷社に向かった。

「そうそう、新さん。この前、迎えにこなかったでしょう」

お葉が口にした。

「すみませんでした」

「そうじゃないの。あの夜も『天野屋』の旦那《だんな》は柳橋の芸者さんを連れていらっしゃったけど、ひとりが菊乃姐《ねえ》さん」

「えっ、菊乃姐さん……」

「新さんが一度、うちに来ると言った切り、全然こないので今夜はこっちから押しかけたのにと、言っていたわ」

「そうですか。ご立腹でしたか」

「そうでもないけど。でも、美代次姐さんのことですって」

「ええ、近頃、美代次姐さんは気持ちが不安定なようで、そのことで菊乃姐さんがあっしに話をしたいと」

「そう」

お葉は表情を曇らせた。

「姐さん。どうしました？」

「ううん。なんでもない。でも」

「でも、なんですね」

「美代次姐さんのことは……」

「姐さんは美代次姐さんのことで何かご存じなんですか」

「たぶん、恋煩いよ」

「恋煩い？　それはまたどういう……」

「新さん」

お葉が声をかけた。

「あそこに行くの、お琴ちゃんじゃない？」

若い女が男と三囲稲荷社の脇を通りすぎた。

「ええ、お琴ちゃんです。男は誰でしょう」

「最近、ちょくちょく出かけているけど、あの男に会っていたのかしら」

お葉は心配そうに言う。

「ええ、姐さんも知らないひとですか」

「ええ、向島のひとじゃないかも」

新吉はお琴の動きが気になった。

お琴の姿が見えなくなって、お葉は本殿に向かった。

ふと恵比須・大黒の祠《ほこら》があるほうからひとの視線を感じた。はっとした。茂太かもしれない。

新吉が睨《にら》んでいると、気配は消えた。

事件はまだ全面的に解決したわけではない。小普請組支配の八巻貞清の関与を明らかに出来なかった。

このまま茂太が諦めるとは思えなかった。

お葉が戻ってきた。

「新さん、どうしたの。怖い顔をしていたわ」

「そうですかえ。そんなことありません」

「あっ、新さん。雪よ」

白いものが舞いはじめたと思ったら、強く降り出してきた。お葉は手《て》拭《ぬぐ》いを頭からかぶり、左手で着物の褄《つま》をとった。

「どうりで冷えると思ったわ」

新吉はお葉の右手を摑《つか》んで小雪の舞う夜道を帰って行った。

本書は書き下ろしです。

向《むこう》島《じま》・箱《はこ》屋《や》の新《しん》吉《きち》

新章《しんしょう》(二) 忍《しの》び寄《よ》る危機《きき》

小《こ》杉《すぎ》健《けん》治《じ》

令和3年 12月25日　初版発行

発行者●堀内大示

発行●株式会社KADOKAWA
〒102-8177　東京都千代田区富士見2-13-3
電話　0570-002-301(ナビダイヤル)

角川文庫 22967

印刷所●株式会社暁印刷
製本所●本間製本株式会社

表紙画●和田三造

●お問い合わせ
https://www.kadokawa.co.jp/（「お問い合わせ」へお進みください）
※内容によっては、お答えできない場合があります。
※サポートは日本国内のみとさせていただきます。
※Japanese text only

ISBN 978-4-04-111424-7　C0193

◇◇◇

角川文庫発刊に際して

角川源義

第二次世界大戦の敗北は、軍事力の敗北であった以上に、私たちの若い文化力の敗退であった。私たちの文化が戦争に対して如何に無力であり、単なるあだ花に過ぎなかったかを、私たちは身を以て体験し痛感した。西洋近代文化の摂取にとって、明治以後八十年の歳月は決して短かすぎたとは言えない。にもかかわらず、近代文化の伝統を確立し、自由な批判と柔軟な良識に富む文化層として自らを形成することに私たちは失敗して来た。そしてこれは、各層への文化の普及滲透を任務とする出版人の責任でもあった。

一九四五年以来、私たちは再び振出しに戻り、第一歩から踏み出すことを余儀なくされた。これは大きな不幸ではあるが、反面、これまでの混沌・未熟・歪曲の中にあった我が国の文化に秩序と確たる基礎を齎らすためには絶好の機会でもある。角川書店は、このような祖国の文化的危機にあたり、微力をも顧みず再建の礎石たるべき抱負と決意とをもって出発したが、ここに創立以来の念願を果すべく角川文庫を発刊する。これまで刊行されたあらゆる全集叢書文庫類の長所と短所とを検討し、古今東西の不朽の典籍を、良心的編集のもとに、廉価に、そして書架にふさわしい美本として、多くのひとびとに提供しようとする。しかし私たちは徒らに百科全書的な知識のジレッタントを作ることを目的とせず、あくまで祖国の文化に秩序と再建への道を示し、この文庫を角川書店の栄ある事業として、今後永久に継続発展せしめ、学芸と教養との殿堂として大成せんことを期したい。多くの読書子の愛情ある忠言と支持とによって、この希望と抱負とを完遂せしめられんことを願う。

一九四九年五月三日